2020
제65회

現代文學賞

수상시집

안규철, 「두 개의 빈 의자」, 드로잉

| 현대문학상 기념조각 |

안규철

책은 양면적인 요소들이 중첩되어 있는 물건이다.
책에는 왼쪽과 오른쪽 페이지가 있고, 보이는 앞면과 보이지 않는 뒷면이 있다.
안과 밖이 있고, 시작과 끝이 있다. 흰 종이와 검은 잉크가 있고,
드러난 것과 숨겨진 것이 있으며, 저자와 독자가 있다.
서로 상반되면서 동시에 상호 의존적인 이런 요소들은 책이 닫혀 있을 때는 드러나지 않는다.
책은 상자와 같아서, 책장이 펼쳐지기 전에 그것은 무뚝뚝한 한 덩이 종이 뭉치에 불과하다.
책을 열면 이렇게 하나였던 것이 둘이 된다. 왼쪽과 오른쪽이, 안과 밖이, 저자와 독자가 거기서 생겨난다.
그리고 그 둘 사이에서, 낯선 한 세계의 지평선이 떠오른다.
마술사의 손바닥에서 피어나는 꽃처럼, 작은 책갈피 속에서 세계 하나가 온전한 윤곽을 드러낸다.
문학작품 앞에서 늘 그것이 경이롭다.

제65회 現代文學賞 수상시집

유희경

교양 있는 사람

H
현대문학

수상후보작

심사평

수상소감

수상작

교양 있는 사람 외

유 희 경

유희경

교양 있는 사람 외

1980년 서울 출생.
2008년 『조선일보』 등단.
시집 『오늘 아침 단어』 『당신의 자리―나무로 자라는 방법』
『우리에게 잠시 신이었던』.

교양 있는 사람

교양 있는 사람은 노크하며 묻는다 똑똑 계십니까 교양 있는 사람이여 기다렸습니다 하지만 여기에는 문이 없군요 당신을 위해 던져버렸으니까요 그것은 아래로 떨어지고 말았습니다 그는 반듯하게 접힌 손수건을 꺼내 자신의 선한 이마를 훔친다 경치가 훌륭하군요 여기까지 올라오는 동안 정말 많은 생각을 했답니다

나는 두 손을 가지런히 모으고 기다린다 어서 그가 말해주기를 한 층 한 층 올라설 때마다 떠올렸던 영광된 기억과 희망 찬 미래의 이야기들을 거기서 얻어낸 빛나는 영감들 그리고 그가 낚아챈 상념의 거센 발버둥과 울음소리에 대해서도

몹시 피곤하군요 그는 졸린 눈으로 나를 본다 나는 그에게 의자를 가져다주고 그러면 교양 있는 사람은 자리에 앉아 깊은 잠에 빠지는 것이다 이런 일은 매번 반복되지만 나는 두 손을 가지런히 모은 채 믿어 의심치 않는다 그는 내가 기다리는 교양 있는 사람이고 언젠가 내가 기다리는 말을 해주리라는 사실을

산책

　조금 더 걸어갔다 너는 조금 더 멀어졌고 나는 소리를 들었다 듣고 있었다 멀리서 가까이 가까이에서 멀리 소리는 날아가버렸다 소리는 날아가버리지 네가 있는 쪽으로 그래서 나는 네가 그 소리를 듣고 있는 것은 아닐까 멀리서 가까이 가까이에서 멀리 날아가버리는 그 소리를 너는 들었겠지 듣고 있겠지 짐작하고는 조금 더 걸어갔다 길은 늘 구부러졌고 길을 따라 긴 담이 이어지고 있었다 오래된 나무들과 말라버린 겨울나무들과 일부를 지우고 일부만 남은 검은 나무들과 오래된 담의 회색빛은 참 잘 어울려 그런데 여기는 어디지 여기는 어딜까 나는 너에게서 조금 더 멀어진 걸까 조금 더 가까워진 걸까 알 수 없지 알 수 없으니 조금 더 걸어가보자 조금 더 걸어갔다 구부러진 길의 회색 담을 따라 줄지어 자라난 나무 아래로 금이 하나 가 있었다 왼쪽에서 오른쪽으로 지나온 길과 지나갈 길로 이어지다가 사라져버렸다 조금 더 걸어가다가 걸어가기를 멈추고 몰래 금의 끝을 만져보았다 이건 숨은 거야 감춘 거지 버티다 숨겨놓은 마음에 대해서라면 나는 이미 잘 알고 있다 그렇게 생각했다 그렇게 생각하면서 조금 더 걸어가보려고 했으나 조금 더 걸어갈 수 없었다 너무 멀리 왔기 때문이었고 너무 멀리 왔구나 길을 잃어버려서 우는 사람이 되고 싶었던 까닭이다

오래된 기억

창문을 열었다 개가 짖고 있었다 이른 봄이었다 나의 생일이었다 전화가 끊겼다 너는 다시 전화를 걸지 않았다 나도 기다리지 않았다 그저 개가 짖는 소리를 듣고 있었다 개가 짖는 소리가 멀어지고 있었다 네가 살게 되었다는 도시를 생각했다 나는 그 도시에 가본 적이 있다 오래전 일이다 그런 이야기는 하지 않았다 저 개는 왜 짖고 있는 것일까 나는 우화 속 탐욕스런 개를 생각했다 잃어버리게 되어 있다 무엇이든 물속으로 가라앉듯 네가 살고 있다는 도시는 낯설어지고 개가 짖는 소리는 들리는지 그렇지 않은지 알 수 없게 되어버렸다 손등에 적어놓은 메모처럼 나는 창문을 닫았다

신파

나는 그 소리를 듣는다
자정에 발톱을 깎을 때에도
서툰 것은 삐뚤빼뚤하고
검은 소파에 몸을 구겨 넣고
잠이 들었다가 깨어난 새벽에도
비가 내리고 있어
이상하다고 여겨질 때도
시원하지도 뜨겁지도 않고
괜찮냐는 질문에는 딱히
대답할 말도 마음도 없을 때에도
일 층에서 이 층으로 걸어 올라갈 때
이 층에서 일 층으로 뛰어 내려갈 때
지하에 살고 있는 것이 궁금할 때
나는 그 소리를 듣는다
전자회로가 흥얼흥얼대는 듯한
인형 배 속에 숨어 있을 수 있고
눌러보면 아무 소리도 내지 않으며
집히지 않으니 짐작할 수 없는 것
스승의날 노래 같은 것

어린이날 노래와는 같지 않은 것
들어본 적이 있는데, 하면 끝나고
들어보고 싶으면 들리지 않는 그런 것
들어보고 싶지 않아도 그래도
들리지 않는 그런 것
작고 가볍고 빠르게
우리는 이따금 너무 울고
그렇게 하지 않아도
나는 그 소리를 듣는다
어미를 잃은 어린 새는 본 적 없지만
어미를 잃은 어린 새처럼
다 살아도 다 산 게 아니므로
크고 중요한 것은 크고 중요하고
하찮은 것은 하찮지 않게
네가 남긴 글자들을 읽지 않으면
그건 소리가 아닌 것이다

감각

창문을 열어두고 온 까닭은
조용한 일이 많기 때문이다

볼펜을 떨어뜨린다든가
허리를 굽힌다든가 그러다
동전을 하나 찾아내고
그것을 집어 얼마짜리인지
확인해보려 할 때에도
조용한 일뿐이다

오후에는
비가 내리려는 날씨가 되었다
나는 걱정이 없었다
창문 생각이 없던 것은 아니나

오늘은 대가 긴 꽃을
다섯 송이나 선물 받았고
그것은 아름다웠으므로

아래층엔 전화벨이 울리고
우산 든 사람들의 기척
친절과 상냥은 인사를 나누고
아무도 올라오지 않는다

꽃은 여전히 다섯 송이이고
꽃병은 목이 가늘고 회색이다
통에 동전을 넣었을 때에는
아주 작은 소리가 나기도 했지만

모든 일의 주인은
늙은 官吏처럼 낮잠에 빠진 것이다

창문은 닫히지 않았을 것이나
열린 창문은
누구도 위협하지 않는다

아무것도 걱정할 필요 없다
조용한 일은 충분히

아주 충분히 많기 때문이다
누구도 셀 수 없을 만큼

距離演習, 나쁜 애[*]

십칠 시 이십오 분
다시 비 내리는 저녁

검은 새 구조물 위에
내려앉는 검은 새

그루터기 언제 잘렸는지
남아 있는 그루터기

외국인 종이 울리자
성호를 긋는 외국인

오늘은
허탕이 되어버렸고

당신은
아무것도 들고 있지 않아요

천천히

말해보는 것이 좋겠습니다

비도 검은 새도 그루터기도 외국인도
오늘은 당신은 천천히

저녁은 구조물은 남아 있고
좋은 성호는 허탕은 사라졌다고
천천히 말해보려는

당신은
아무것도 들고 있지 않습니다

책 정신없는 사람들이 쓴
정신없는 사람들을 위한 책

마음 비가 내리니까
아직 내놓으면 안 되는 마음

기억 이제는 여덟 시

아직 한 시간쯤 남은 기억

오늘은 허탕이고
천천히 말해보세요

사나워지지 말아요
당신은 아무것도 듣고 있지 않아요

* "안 되겠어요. 힘드니까 돌아가줘요. 이제 입을 옷이 없어요. 당신한테 올 때마다 새 옷으로 갈아입고 싶지만 이젠 남은 게 없어요. 이건 친구에게 빌린 옷이에요. 나쁜 애죠?" 가와바타 야스나리, 『설국』(유숙자 옮김, 민음사, 2002). 나쁜 애는 아무것도 모른다.

位置演習, 이안리플렉스

　길 건너에는 궁이 있다 열린 문 안으로 오래전 여름, 뜰이 보인
다 잔디는 생생하며 나는 그 곁에 서서 카메라를 가지고 있다 롤라
이社에서 나온 이안리플렉스는 할아버지의 것이었다 옅은 곰팡내
풍기는 파인더를 열면 모든 것은 거꾸로 움직였다 왼쪽이 왼쪽이
되고 오른쪽이 오른쪽이 될 때까지 셔터를 감고 또 감다가, 구역질
하듯 카메라 끈이 끊어져버린 것은 오래전 여름, 뜰과는 무관하다
끼끗이 자라나는 잔디와도 자리는 자리를 옮기지 않기 때문이다
오른쪽 창문은 오른쪽에 왼쪽 창문은 그 반대편에 있는 것처럼 움
직이는 것은 별뿐이다 아니다 자리는 자리를 바꾸기 마련이다 오
른쪽 창문은 왼쪽 창문이 되고 왼쪽 창문은 그 반대편에 있다는 당
연한 감각 이상한 감정 나는 아직 어딘가에 그 카메라를 가지고 있
다 끊어져버린 끈은 없지만 이제 막 정오 그림자는 구역질하듯, 거
의 보이지 않는다

수상시인 자선작

세계에 대해,
조금 더 적은 측면으로

그 이름은
옆으로 옆으로 걸어가
벽에 어깨를 기댄다
사실은 떠밀린 것이다
밤에 밤의 무게에
무게의 매력에
고양이가 자세를 낮추고
귀를 세우는 것처럼
그 이름은 대개 그러하듯
세 글자로 되어 있다
네 글자는 어색하고
다섯 글자는 신기해서
벽을 더듬는다 다행히
낙서 하나 없이 깨끗하므로
이제 그런 이름은 없어
낭만과 추억이 되어버렸지
반도덕 선언처럼
교과서를 읽듯
그 이름은 벽에 의존하여

앞으로 걸어가고 있다
어깨가 쏠리는 것도 모른 채

실은 실연을 했습니다
실은 곰탕을 먹었습니다
실은 걸레질을 하고
청소기를 돌렸습니다
실은 버스를 탔습니다
종점에는 열 살 먹은 개
똘이가 묶여 있습니다
똘이의 밥그릇 위로
눈이 내립니다 똘이는
왕왕 짖습니다
이 여름에 생각하는
지난겨울 이야기입니다
실은 모두 지난겨울
지난겨울 이야기입니다

나는 그 이름을 쫓아간다

열 걸음쯤 떨어져서
그 이름이 걸음을 멈추면
나도 멈추고
그 이름이 걸어가면
나도 따라 나아간다
둘의 그림자는 길고
길고 밤은 한곳을 향한다
그것은 미래의 방향
물길처럼 스스로
소리를 내면서 운다
이름이 입술을 만지면 늘
입술은 내 것이 아닌 기분
다행이야 이름이 있다면
아무것도 말하지 않아도 되니까
닫히지 않은 세계의
조금 더 적은 측면에 대해
생각하는 사람처럼
누가 노래를 부르고 있는데
그 이름은 아니다

그것은 나여서도 안 된다

충고

　밤부터 내린 눈이 아침까지 이어졌다 나는 눈을 쓸다 말고 삽을
꺼내 왔다 지나던 사내의 충고 때문이었다 젖은 것은 쓸기 힘들죠
무겁거든요 그것이 날아온 것이라 해도 정말 그러해서 나는 한결
쉽게 눈을 모아 버릴 수 있었다 그리고 생각했지 당신 하얀 눈 같
은 당신 녹아 물이 되어버릴 당신 곧 마를 당신 생각 위로 가지에
쌓였던 눈이 쏟아진다 하얗고 미끄럽다 나는 한숨을 쉬면서 젖은
것은 무겁지 그것이 비록 날아든 어떤 것이라 해도 충고하듯 중얼
거렸다 그것이 싫어 견딜 수 없었다

조상

이사 온 집 앞에는 조상이 있다. 그것은 건너편 높은 건물 꼭대기를 장식하고 꼼짝도 하지 않는다. 조상은 커다랗다. 새하얗다. 조상은 작아 보인다. 나는 매일 출근길에 그것을 올려다본다. 조상은 나를 내려다보지 않는다.

조상은 커다란 원에 둘러싸여 있다. 커다란 원도 하얗다. 커다란 원은 집처럼 편안해 보인다. 조상은 원 안에서 편안하다. 커다란 원은 가족처럼 위태로워 보인다. 나는 조상의 슬픔을 생각해본 적이 있다.

어느 날 출근길 버스를 기다리다 나는 조상이 훌쩍 뛰어내리면 어떨까 어쩌나 생각했다. 새하얀 빛 고꾸라지는 몸을 따라서 떨어지고 나면 둥지처럼 오목한 자리가 생길까. 커다란 소리를 들은 사람들은 창문을 열고 내다보겠지. 먹이를 받아먹으려는 새끼들처럼.

하지만 조상은

버스에 타면 나는 조상을 잊는다. 이따금 조상이 생각날 때가 있다. 이유도 까닭도 없이, 그것은 머릿속에 나타난다. 그것은 꼼짝도 하지 않는다. 그렇기 때문에 나는 금방 잊는다. 잊기 전까지 그것은 새하얗다. 커다란 원에 둘러싸여 있다.

엄지손톱만 하던 조상이 점점 커다래져 마침내 굉음을 내며 떨어지는 꿈을 언젠가 한 번쯤 나는 꾸게 되는 것이 아닐까. 하지만 이것은 우화가 아니다. 비유도 상징도 없이 조상은 조상으로 떨어져야 한다고 나는 생각하고 있다.

오늘 출근길에도 나는 조상을 올려보았다. 그것의 날개가 사라져 있었다. 아니다. 빛과 그림자 각도 속에 잠시 감춰져 있는 것이다. 나는 나의 조상, 하고 중얼거려보았다. 그것은 내 것이 아니기 때문에 아무 일도 일어나지 않았다.

빈 테이블 敍事

　우는 사람이 있으므로 울린 사람도 있다 흘리고 닦아주는 사이로 떨어진 눈물은 사건이다 알아듣는 법과 알아듣지 못하는 법이 섞여 조금씩 옅어질 거라 믿는 사건도 있다 믿지 않는 사실을 늘어놓는 사건이 하나 더 생겨날 때 아무도 울리지 못하는 사연이 엎질러진다 괜찮느냐는 질문과 괜찮다는 대답이 흘러 한 방울이 한 방울로 떨어진다 인물과 사건과 문답은 테이블을 구성하지 아니하고 그러므로 비어 있다 비어 있을 것이다 비어 있다 남아 있을 것이다 목격한 누군가는 테이블이 있었다고 그것은 비어 있는 테이블이라고 말할 것이다 이것이 테이블, 비어 있는 테이블의 서사 서사의 모든 것

지독한 현상

　말을 잇지 못했다 떨어뜨린 모양이야 그런 말이 어디 있어 너는
물어보지 않는다 있어 그런 말이 하고 대꾸할 것 없이 그냥 주워야
하는데 그 말은 아주 까맣고 지금은 너무 밤이야 보이지 않는다 나
는 쪼그려 앉으려다 말고 바닥을 더듬어보는 처지 찾지 못할 것은
알고 있었다 떨어진 것은 숨으니까 하지만 볼 수가 없구나 다른 누
가 그 말을 주우면 어쩌나 주운 그것을 주머니에 슥 넣고 내가 볼
수 없는 곳으로 더 깊은 밤 속으로 가버리면 어떡하나 걱정이 되었
으나 걱정은 말이 될 수 없고 그러니 대답도 될 수 없고 말과 말을
이어주지도 않는다 잇지 못한 저편에 너는 아직 말이 없다 너도 떨
어뜨렸나 떨어뜨려 잇지 못하고 있나 그 말은 어떤 색일까 딱딱해
서 바닥 위로 튀다가 도르르 책상 아래로 까만 어둠 속으로 굴러간
것은 아닌지 그런 생각을 하느라고 한참 나는 그대로 있었다

그런 잠시 슬픔

　더듬다 보면 볼록 튀어나와 있는 것이 있다 나는 그런 것을 아낀다 그래서 겨울을 산다 그래서 스웨터를 입는다 그래서 모자 속에 목도리를 넣는다 그래서 문을 열기 전엔 눈을 감는다 누가 없어도 화분에 물을 주고 그래서 손을 주머니에 넣는다

　깜깜해지면 혼자는 혼자가 아니게 된다 그게 나인 것 같다 커다랗게 덥석 안아서 볼록한 그게 나인 것 같다 그런 것을 누가 아끼는 것만 같고 가정은 사실이 아니니까

　그런 잠시
　슬픔

　더듬어본다 볼록 튀어나와 있는 것은 겨울과도 이 어둠과도 무관했으면 좋겠다 그래서 바닥이 흥건하고 그래서 나는 문 쪽으로 걸어갔고 그래서 문을 열기 전에는 눈을 감았다

　목도리를 꺼내는 것을 깜빡하고 스웨터에는 오래된 보풀들 그렇게 겨울을 산다 불을 끈 건 나였고 깜깜한 것은 나의 일 손을 주머니에 넣고 화분에 물을 주어야 하는 다음 때를 떠올리고 문밖에

서는 눈이 부실 때

여느 때와 다름없는 아침

　　오전에 나는 상자에 대해 읽었다 그런 덕분에 나는 상자에 대해 알고 있다 할 수 있다 낡은 상자다 뚜껑을 가진 상자다 아무도 상자의 뚜껑을 열지 않는다 상자의 모든 것이 반복되고 있는 동안 출근 시간이 지났고 복도를 걷는 사람은 더 이상 없다 다시 나는 상자에 대해 읽고 있다 상자를 흔들어보는 것처럼 텅 빈 시간이 빛을 지나쳐 조금 더 어두운 쪽으로 사라져간다 상자를 열어볼 용기를 내는 것은 누구일까 나는 아니다 나는 오래된 종이를 넘기다 말고 이따금 밑줄을 쳐야 하나 고민하는 사람이다 그리고 여전히 나는 상자에 대해 읽고 있다 그런 덕분에 상자에 대해 알아가고 있다 할 수 있다 여전히 낡은 상자다 여전히 뚜껑을 가지고 있는 상자다 아직 아무도 상자의 뚜껑을 열지 않는다 길고 긴 하나의 문장이 여러 개로 분절된 채 다른 면을 가진 한 개의 육각면체로 수렴된다 오전은 아직 끝나지 않았다 최후의 한 사람이 출근을 마칠 때 비로소 오전은 끝이 날 것이다 오후는 어떻게 오전을 지워버릴 것인가 용기 있는 자가 뚜껑을 열 때처럼 급작스럽게 혹은 조심스럽게 아무 것도 아닌 것의 아무것도 아닐 수 없는 것처럼 나는 질문 아래에는 밑줄을 긋지 않는 사람 그리고 상자에 대해 읽는 것과 같이 의심을 가지고 있다 할 수 있다 집요하게 지속적으로 안팎을 비워낼 상자에 대해 그것의 뚜껑과 뚜껑이 열리지 않고 있다는 사실에 대해서

도 이 지난하고 지루한 아침처럼

정오 무렵

빛이 무너지고 있다 사람들 하나하나 선명하구나 나는 창문을 열고 말해주고 싶었다 여봐요 여기 있어요 마침 플라타너스의 잎 같은 것이 떨어지고 있었다

더없이 환하다 멈추지 않는 행렬처럼 우리는 죽어간다 한둘쯤 살아남았겠지만 겨울의 정오 무렵 누가 무엇을 얼마나 기억하고 있을까

나는 창문을 열지 않았고 말하지도 않았다 듣지 못한 사람들 입 김처럼 동그랗고 빛은 여전히 무너지는 중이다 플라타너스 잎 같 은 것들만 저렇게 남아 있지 않으려 한다

수상후보작

밤과 낮의 고요한 물소리 외
강성은

첫 흰 머리카락 외
김기택

정우와 나 외
박소란

반복과 나열 외
백은선

모모제인某某諸人 외
서윤후

열과 爇果 외
안희연

나의 작은 폐쇄 병동 외
양안다

안나 나나코 외
이장욱

천국을 잃다 외
최백규

강성은

밤과 낮의 고요한 물소리 외

1973년 경북 의성 출생.
2005년 『문학동네』 등단.
시집 『구두를 신고 잠이 들었다』 『단지 조금 이상한』 『Lo-fi』
『별일 없습니다 이따금 눈이 내리고요』.
〈대산문학상〉 수상.

밤과 낮의 고요한 물소리

k는 밤이면 너덜너덜해진 그의 그림자를 꿰맸다 침침해진 눈으로 졸음에 떠내려가다가 손가락이 바늘에 찔리면 반쯤 눈을 떴지만 이내 다시 강물에 떠내려갔다 물속에서도 그의 손은 아주 느리게 움직이고 있었다

내 꿈에 좀 나오지 마세요

k는 물속에서 들었다 낯익은 목소리 아는 사람의 음성

하룻밤 사이 k는 자신의 손가락과 손등을 아홉 번이나 찔렀고 눈 뜰 때마다 그림자의 어둠을 손으로 만졌다 물처럼 묽어진 피가 멀리로 흩어졌다

내 꿈에 좀 나오지 말아요, 제발

무슨 일일까 k는 어디론가 떠내려가고 있었다 물속에서 나올 수 있을까 거대한 물의 무게를 뒤옆고 물속에서 나올 수 있을까

내 꿈을 당신의 피로 물들이지 말아요

나는 혼자 이 밤을 꿰매고 있단다 더듬더듬 느리게 내가 아는 모든 어둠을 꿰매야만 이 밤이 끝나리라는 걸 너는 영원히 모른다

전염되고 싶지 않아요 이 나쁜 병으로부터

야맹

그는 심심해서
아름다운 것을 만들어내는 사람

딱히 이유는 없어요
심심해서
말하던 그는 손안에 무당벌레가 있다고 했다
빠져나가지 못하게 주먹을 쥐고 있다고

당신이 만들어낸 모든 것이 좋았어요
말하려다 멈추었다
그의 손이 너무 크고 고집스러워 보였다

심심한 건 어쩌면 위험한 일일지도 모른다 생각하는데
그가 나를 바라본다
심심해 죽겠다는 표정으로

어때요? 당신도
아름다운 게 많아 보이는데

무당벌레가 알을 까는 것 같다

미친개가 온다

미친개를 조심해라 이것은 우리들의 암호였는데 어디에나 미친 개가 있어 죽은 엄마가 말할 때면 비밀스러운 기분이 뭉개져버렸 다 러시아로 떠난 친구가 보내준 건 알아들을 수 없는 러시아 가수 의 노래 이 노래에도 암호가 숨겨져 있을까 열심히 귀 기울였지만 헐떡이는 숨소리만 더 생생해졌다 검은 물과 흰 물과 투명한 물을 번갈아 마시고 나면 밤이 왔다 한밤중 옷걸이에 걸린 외투는 동네 산책이라도 나갔다 올 것처럼 내가 잠들기를 기다리고 있었다 잠 이 오지 않았다 사람들은 미친개가 오는 줄도 모르고 아침을 맞고 따뜻한 죽을 먹는다 침을 흘린다 편지를 불태우고 일기장을 찢고 지팡이를 휘두른다 유언장을 쓰다 말고 창문을 거울인 줄 알고 뚫 어지게 쳐다본다 거기엔 아무도 없다 텅 빈 하늘만 있다 죽을병에 걸린 친구를 만나러 갔다 병실에 누운 친구가 반갑게 말했다 저기 봐 미친개가 온다 미친개가 우리들 뒤로 바짝 다가섰다 미친개는 너무 앙상해서 우리는 그만 웃음을 터트리고 말았다

개를 데리고 다니는 여자

　개를 끌고 산책하는 여자가 있다 여자가 서성일 때마다 개가 여자를 끌고 어디론가 간다 공원의 텅 빈 운동기구들이 삐걱거리며 움직인다 연못 근처 인부들이 바위의 녹을 닦아내고 있다 바위에 앉아 물속에 잠긴 얼굴을 바라보는 사람이 있다 모과나무 아래 긴 장대를 들고 나뭇잎을 따는 사람이 있다 그 사이를 가로질러 사라지는 쥐들이 있다 개가 짖는다 먹구름이 몰려온다 소나기가 내리자 모두 흩어진다 개는 여자를 끌고 집 앞에 당도한다 집에 들어가기 싫어 버티던 여자는 힘센 개에게 끌려 집으로 들어간다 집에 불이 켜진다

개의 밤이 깊어지고

개가 코를 곤다 울면서 잠꼬대를 한다 사람의 꿈을 꾸고 있나 보다 개의 꿈속의 사람은 고단한 하루를 마치고 개가 되는 꿈을 꾸고 울면서 잠꼬대를 하는데 깨울 수가 없다

어떤 별에서 나는 곰팡이로 살고 있었다 죽은 건 아니었지만 곰팡이로서 살아 있다는 것이 슬퍼서 엉엉 울었는데 아무도 깨울 수가 없었다

개는 나를 바라보는데
깨울 수가 없었을 것이다

둥근 계절

교실은 둥글다
나의 교실
너의 교실
우리의 교실

교실은 점점 더 둥글어진다
알 수 없는 방향으로

한 사람이 말하는 동안
한 사람이 생각에 빠져 있는 동안
한 사람이 울음을 삼키는 동안
한 사람이 잠들어 있는 동안

모서리는
모서리를 잃고
원은 우리를 신고
우리를 떠나간다

붙잡을 수 없다 아무도

붙잡지 않는다

우리가 떠내려가는 동안
떠내려가다 흩어지는 동안

무언가 생각하려 애썼지만
무언가는 무언가를
주장하지 않고

밀실

죄를 지었으면
벌을 받아야지

세상에서 가장 무서운
빛의 속도

빛은 어디서부터 달려오고 있는가

물속에서도
얼음 속에서도
꿈속에서도 나는

아직 다다르지 않은
빛에 탄다 재가 된다

빛은 언제 도달하는가

김기택

첫 흰 머리카락 외

1957년 경기도 안양 출생.
1989년 『한국일보』 등단.
시집 『태아의 잠』 『바늘구멍 속의 폭풍』 『사무원』 『소』 『껌』 『갈라진다 갈라진다』
『울음소리만 놔두고 개는 어디로 갔나』 등.
〈김수영문학상〉 〈현대문학상〉 〈이수문학상〉 〈미당문학상〉 등 수상.

첫 흰 머리카락

흰 머리카락 한 올이 검은 올 사이에 삐죽 나와 있었다. 검은 머리카락들 사이에 처음 와서 몹시 당황한 것 같았다. 제가 있어야 할 자리를 잊어버렸거나 다른 사람의 머리로 착각하여 왔을 것이다. 어색할까봐 얼른 뽑아주었으나 그 흰 올은 여전히 검은 올 사이에 있었다. 손가락이 흰 머리카락을 쥐고 있는데도 그 흰 올은 그 자리에 그대로 박혀 있었다. 흰색이었다는 사실을 잊고 있었다는 듯이, 이제 막 그것이 생각났다는 듯이, 검은 머리카락 한 올이 흰색으로 바뀌어 있었다. 그것을 뽑자 몇 가닥 옆에 다른 흰 머리카락이, 좀 더 떨어진 곳에 더 많은 흰 머리카락이 이어서 돋아났다. 그것들은 내가 뽑기 전까지 그 자리에 없었다가 내가 보는 순간에 생겨난 게 분명했다. 이제 막 돋아났다는 것을 보여주려는 듯 반짝거리는 맑은 빛이었다. 느닷없이 떠오른 한 생각처럼 선명하고 단호한 한 획의 빛이었다. 흰 머리카락 하나를 뽑을 때마다 더 많은 머리카락들이 내 눈에서 돋아났다. 한 올을 뽑았을 뿐인데 바닥에는 흰 머리카락들이 수북했다. 더 많은 흰 머리카락들이 돋아날 준비를 하며 아직도 윤기가 흐르는 검은 빛을 자랑하고 있었다.

뒤에서 오는 사람

목구멍이 깊고 컴컴한 곳 어딘가로 들어가
찰진 가래를 끌어올리나 보다.
거리가 진동하도록 가래침은 요란하지만
가래는 나오지 않고
목구멍 긁어내는 소리만 힘차다.
식도와 내장 뽑아내는 소리만 용을 쓰고 있다.
입은 온몸에 바람을 모아
숨통이 뻥 뚫리도록 가래를 뱉어내지만
나오는 건 맑은 침뿐이다.
눈알이 몹시 충혈되어 있을 것이다.
폭풍을 입안에 넣어주느라
콧구멍은 숨을 잔뜩 먹고 부풀어 있을 것이다.
항문과 발가락도 힘을 주고 있을 것이다.
온몸은 허파까지 들어가
발을 동동 구르고 있을 것이다.
가래는 목구멍 밑에서 끓기만 하고
나올 듯 나올 듯 목구멍을 간질이기만 하고
날숨에 살짝 열렸다가
들숨에 재빨리 나와 숨통을 막기만 하고

어디에 단단히 붙어 나오지 않는다.
가래 대신 숨통이 나오고 있다.
가래를 밀어 올리다가 창자가 나오고 있다.

물방울이 맺혀 있는 동안

비가 그치고
나뭇가지는 구불거린다
햇빛 물방울 다리가 달려서
나뭇가지는 더 힘차게 구불거린다
어느 하늘일까
우듬지는 기어가며 다음 허공을 더듬는다

물 발자국도 남기지 않고
투명한 다리들이 하늘을 밟으며 기어오른다
뭉게구름이 일어나도록
짧은 다리로 하늘을 하얗게 긁는다

다리 많은 가지들이
나무를 뚫고 나와 달아난다
자꾸만 달아나는 가지를 나무가 꽉 붙잡아서
다른 자리에 다른 가지는 또 기어나온다
너무 많은 가지를 붙들고 서서
나무는 속수무책이다

하늘을 향해 아무리 꿈지럭거려도 제자리여서
나무는 쭉쭉 늘어나기만 한다

조개들

해골 없는 머리와 뼈 없는 팔다리와 이목구비는
한 덩어리 내장이 되어 뭉쳐 있다
조개들은 하나같이 돌을 입고 있다
입는다기보다는 돌에 갇혀 사는 것 같다
먹이를 먹을 땐 그 무거운 돌문을 열어야 한다
팔도 없는데 무엇이 그 문을 여는 것일까

쇠붙이가 강제로 문을 열어놓기 전까지
조개들은 돌문을 굳게 잠그고
창 없는 어둠 속에 있었을 것이다
뼈와 해골을 모두 몸 밖으로 내보내고
제 몸을 단단하게 감싸고 있었을 것이다
몸의 모든 기관들을 살덩이 속에 처박아놓고
구멍 없는 해골에 들어가 있었을 것이다
꽉 막힌 어둠을 눈으로 삼고
혀 없는 살갗을 입으로 삼았을 것이다

이제 조개들은 밥그릇처럼 돌 안에 담겨 있다
단단한 어둠이 깨져 열렸는데도

조개들은 돌 속에서 아직 태어나지 않은 채
마음껏 연약해지고 있다
혀로도 씹힐 것 같은 물컹한 살이 입으로 들어온다
양수 냄새가 확 풍겨온다

죽은 눈으로 책 읽기

이 문장에는
한때 이 글자들을 읽었던 모든 눈들이 보일 것 같다.
오래전에 죽었는데도
그 눈들은 아직 이 문장을 읽고 있다.
죽은 눈 위에 다른 눈이 겹쳐지고
또 다른 눈들이 읽으며 쌓인 문장의 지층 위로
나의 첫 눈이 얹힌다.
죽은 눈알들이 터질까봐
글자들 사이를 발끝으로 조심조심 디디며
문장들 속으로 들어간다.
새로 돋으며 점점 두꺼워지는 문장들을 감당하느라
행간을 한껏 널찍하게 열어놓고
글자들은 무표정하다.
오랜 세월 책갈피에 갇히고도
늙은 문장들은 읽자마자 새 문장이 된다.
죽은 눈들이 와서 간섭하는 바람에
뭘 읽었는지 자꾸 잊어버리고
아직도 새 문장을 낳고 있는 문장들 사이에서 헤매고
가까스로 닿은 목소리를 잡으려다 다시 놓친다.

두꺼운 페이지를 닫을 때
문장을 읽고 있는 수많은 눈알들이
납작하게 눌리며 터지는 소리.
종잇장 갈피 사이에서 얇게 말라가는 눈알 냄새.
관 뚜껑 같은 침묵이 내려앉는
묵직하고 컴컴한 느낌.
수많은 죽은 눈들 사이에
또 하나 미리 죽은 내 눈알을 함께 묻은 채
문장들은 다시 숨는다.
가구 속에 또 하나의 가구처럼 두꺼운 사각형이 된다.

용문에는 용문 사람들이 산다

용문에 갔다. 용문 거리에는 용문슈퍼와 용문식당, 용문약국, 용문꽃집, 용문정육점, 용문다방, 용문태권도학원, 용문철물점, 용문파리바게트, 용문PC방, 용문비비안내의점 등이 있었다. 용문에서는 모든 것이 용문이었다. 용문 건물들은 어떤 시멘트로 지어졌는지 유심히 보았는데 특별히 달라 보이는 것은 없었다. 그러나 그 건물들에는 나무로 된 용문, 흙으로 된 용문, 유리와 스테인리스강으로 된 용문이 있었다. 음료와 과자를 사러 용문하나로마트에 갔다가 쇼핑하러 온 많은 사람들을 보았는데, 한 사람도 빠짐없이 용문 사람의 코와 눈과 입과 귀를 가지고 있었다. 그 얼굴들은 얼핏 서울 얼굴들과 비슷해 보였지만 보면 볼수록 용문 사람의 얼굴이었다. 그들은 용문 옷을 입고 용문 표정을 지으며 용문 라면과 용문 화장지, 용문 계란, 용문 치약, 용문 비누, 용문 삼겹살, 용문 막걸리 따위가 든 커다란 용문 비닐백을 들고 마트에서 나오고 있었다. 용문 여자들이 낳은 용문 아기들이 용문 엄마에게 업히거나 용문 유모차를 타고 지나가고 있었다. 용문 아이들은 용문 바람을 맞으며 용문 자전거를 타고 달리고 있었다. 한 할아버지가 오늘이 장서는 날이냐고 내게 물었다. 나는 용문 사람이 아니라 모른다고 대답했다. 그에게 나는 용문 사람으로 보였음이 분명했다. 여기 살면 용문 사람이 되는 건데, 그러면 내 눈과 코와 귀와 입도 팔다리도 용문 사람이 되는 건데, 내가 입은 옷도 용문 옷이 되는 건데, 나는 용문에 있으면서도 용문 사람이 아니었다. 나는 용문하나로마트 유리문에 비친 사람을 한참 동안 쳐다보았다, 용문에 있으면서도 용문 사람이 되지 못한 얼굴을, 낯선 옷과 어색한 행동을.

헛바늘

말할 때마다 따끔따끔하다
밥알이 구를 때마다 혀가 계속 찔린다
물렁물렁하고 뭉툭한 혓바닥에 찔린다
아이스크림을 핥던 촉촉한 탄력에 찔린다

혀끝이 이빨 사이를 뒤지고 입안을 더듬고
그동안 혀가 만들어낸 말들을 다 뒤져도
바늘은 찾을 수 없고
말랑말랑한 것밖에는 없어서

찌르는 것이 없는데도 찔린다
찔리기도 전에 찔린다
찔리는지 모르고 있다가 느닷없이 소스라친다

박소란

정우와 나 외

1981년 서울 출생.
2009년『문학수첩』등단.
시집『심장에 가까운 말』『한 사람의 닫힌 문』.
〈신동엽문학상〉 수상.

정우와 나

정우는 혼자 바다에 다녀왔다고 한다 거기 해변에서 모래를 한
움큼 퍼 왔다고 한다
플라스틱 용기에 담아 탁자 위에 두고는 오며 가며 들여다본다고
어쩌다 미지근한 물을 한 컵 따라 부으면

꼭 살아 있는 것 같단 말야

퇴근을 하면 곧장 모래에게로 가
모래 앞에서 밥을 먹고 TV를 본다고 한다 그러다 취한 듯 잠에
든다고
잠을 놓친 밤이면
모래 곁에 앉아 이런저런 얘기를 늘어놓기도 한다고
오랜 비밀을 털어놓기도 한다고

있잖아, 어제는 말야, 모래가 말을 하더라니까
정우야, 부르더라니까, 나는 깜짝 놀라서, 너무 신기해서, 응, 하
고 대답을 했거든
근데 말야,

지금 이 일은 비밀, 절대 비밀이다
나는 진지하게 고개를 끄덕이다가 그러는 척하다가 피식 웃다가
갑자기 모래알만큼 조마조마한 심정으로
근데 말야,

인터넷으로 정우가 다녀왔다는 바다를 검색해보는데
어느 지방에고 있을 법한 평범한 바다 평범한 해변
알 수 없는 방향으로 잇따라 찍힌 한 사람의 발자국 또한 조금도
대수롭지 않은데
정우야,
나는 갑자기 묻고 싶은 게 생겨서

정우야,
전화를 받지 않고
며칠째 결근을 했다는 정우의 오피스텔 문은 굳게 잠겨 있다,
잠겨 있다고 한다

나는 만난 적 없는 정우의 모래를 상상하다가
정우를 상상하다가

정우야, 어디 있니?

모니터 가득 출렁이는 바다로 달려가
정우야, 부르게 되고 사소한 우리의 이야기를 그리워하게 된다
새벽 알람이 울릴 때까지
낯선 해변을 무작정 걷게 된다

낙석 주의

위험하오니, 앞에서 망설이는 사람이 아닙니다
나는
어떤 펜스도 넘지 않습니다 무섭습니다
저기 낙석지대가
저기서 사람을 맞닥뜨리는 일이

도시는 대부분 안전하고
모르는 것투성이, 회사도 학교도 병원도
좀체 흔들리지 않습니다
어쩌다 동네 커피숍에는 오랜만에 오셨네요 인사하는 알바생이
있고

카페 헤세 ✕

체크 리스트가 하나씩 늘어갑니다
그러나 또 금세 줄어들 것입니다
그동안 저희 가게를 찾아주셔서 감사합니다 ○ 임대 문의 ○

coming soon ✕

시작하는 사람이 아닙니다
나는
다시, 시작, 하는, 사람, 이 아닙니다
간단히 헤어지고 복잡하게도 헤어집니다
어떤 번호도 남기지 않습니다 전화하지 않습니다
기억보다 먼저 기록을 지웁니다

무섭습니다
별안간 공중에서 쏟아진 돌, 돌에 맞아 피 흘리는 얼굴이
그 얼굴이 마침
내가 미처 지우지 못한 사람의 것이라면

진로마트 앞 횡단보도 ✕
봄약국 사거리 ✕

바닥의 검붉은 얼룩이 말끔히 정리될 때까지

기다리는 사람이 아닙니다
나는

한산한 뒷길을 돌고 돌아 집으로 갑니다 어디든 안전하게 당도
합니다

미국 ○

미네소타에 캐셔로 일하는 친구가 있습니다
　그 애와는 이런저런 걸 터놓는 사이, 사는 게 힘들다, 응, 춥고 외
롭지, 그럴 때마다
　전화기 속에서 육중한 울음을 굴리는 사이렌
　그럴 때마다 구글에서 지도를 찾아보며 가슴을 씁니다
　이렇게나 멀구나 우리는 멀리서 무사하구나

간장

어때? 묻자
짜다 너무 짜, 질끈 감았다 뜬 너의 눈가에 어두운 물기가 어린다

나는 괜히 생수를 한 컵 따라 들이켠다

더는 어떤 맛도 생각할 수 없다
간장 때문에

우리는 불행해질 것이다

애간장을 졸이다, 라는 말이 있고
너는 슬며시 고개를 든다
끓는 물에 마음을 통째로 담근 채 몇 날 며칠 불 앞에 앉아 그걸
달인 핼쑥한 얼굴로
나를 본다
창 쪽으로 한 걸음 물러선 나를

짜다 너무 짜

뭐가 이리도 우리를 지치게 하는지 진저리치게 하는지
불투명한 물음조차 이제는 싫어서
도무지 가시지 않는 게 악착같은 게

네게서 받아 든 사발, 그 속에 녹아 있는 독 같은 게

나는 엎지른다 모른 체 엎질러버린다
시커먼 걸레 옆에 그냥 천천히 썩어가려고

불륜

그렇게 헤어지고 난 뒤
집으로 돌아와 어두운 구석구석 약을 쳤어요
욕실엔 투명한 락스를 풀고

자꾸 벌레가 나와서
이상한 벌레가,
아니다 실은 어느 하수구에고 사는 그런 벌레겠지요

불을 켜고 잠을 잤어요
이불에 스민 독한 냄새를 마시며
편히 휴식을 취할 것

내일은 내일의 일이 있고
내일 만나요- 웃으며 인사하기도 했어요

웃으며 거짓말을 하기도 했어요

쉼 없이 벽이며 천장을 기는 벌레, 벌레들
약을 치면 죽은 척

다시 일어났어요 크게 기지개를 켜며

세수를 하고 밥을 먹었어요
시를 썼어요

한낮의 스탠드 아래
가만히 들여다보면 눈이 크고 걸음이 느린 벌레들
나는 도저히 죽일 수가 없는 것이었어요

밀월

벌레,
라고 하면 진짜 벌레가 되는 사건

별로 특별한 일은 아니다

왜 태어났니 왜 태어났니
노래를 불러주는 친구들이 있고 다정한 친구들이
생일도 아닌데

우는 사람을 봤다
갖고 놀았잖아요 나 갖고 놀았잖아
취해 있었고
알 수 없는 말들이 속수무책 한 사람을 게워내고 있었고

못 본 척 지나치려 하자
불쑥 고개를 드는데 젖은 눈으로 쏘아보는데

너무 징그럽다,
하면 곧바로 악몽이 되는 사건

뒷걸음쳐 달아나는 사람과
밤의 난장 속에 아물거리는 사람 점점이 바닥을 기며
우는 사람, 사람들

저기요, 괜찮아요?
지나는 누군가 물었던 것 같은데
아무런 대꾸도 할 수가 없다

특별한 일은 아니라서
그냥 사소한 일이라서, 사는 것 또한 일이라서

죽었다고 생각하면 좀 더 쉽다

백색 소음

유튜브에서 찾은 밤의 빗소리는 진짜 같다
진짜보다 더
자주 창밖을 내다보게 된다

숙면을 취할 수 있을 겁니다

빗소리는 차츰 거세진다
급히 우산을 펼쳐 든 꿈이 무른 잠꼬대를 흘리고

누군가와 이 일을 이야기하고 싶어서
있잖아, 비 내리는 골목을 한창 쏘다니는데 누가 이름을 부르는
거야, 누구지? 하고 돌아보는데

돌아보는데
아무도 없다, 유령인가?

괜히 오싹해져서
근처 24시 커피숍으로 뛰어 들어간다
구석 테이블에 앉아 사람들의 이야기를 훔쳐 듣다 보면 왠지 안

심이 된다

   글쎄, 밤마다 빌라 주차장에 모여 우는 고양이들 때문에 죽겠어
요, 얼마나 구슬프게 우는지 어쩔 땐 따라 흐느끼게 된다니까요

   글쎄 말예요, 울음은 멈추지 않고
   버튼을 눌러 전원을 끌 때까지

   숙면을 취할 수 있을 겁니다

   아침이면 죽은 고양이를 맞닥뜨리게 될 것 같은 예감
   누군가와 이 일을 이야기하고 싶어서
   전화를 걸면

   여보세요,
   유령인가?

   너무 선명한 꿈은 무섭다

774

도로에 놓인 기다란 화살표,
흰 천으로 감싼 한 구의 시신이라는 것을 알았다
버스를 타고 가면서
어디론가 쉼 없이 달려가면서

장사葬事는 끝나지 않았다는 것을 알았다
수차례 밟고 뭉개는 바퀴에도
죽지 않고,
죽음은 왜 죽지 않는 걸까
벌써 오래전 불에 살라버렸는데 깊은 곳을 찾아 묻었는데

버스를 타고 있다
자리마다 검은 옷을 입은 사람들 충혈된 눈으로 허공을 더듬는
사람들

어서 빨리 내려야겠다고
오늘은 불광동에서 저녁 약속이 있고 남자를 만나 술도 한잔할
것이다
취기가 오르면 아낌없이 웃다가 어느 순간

울상이 되어 귀가할 것이다

다시 버스에 올라

어리둥절 노선을 확인하면서
계속해서 일정한 방향을 바라보면서

나는 가고 있다
괴이한 영혼을 따라, 아니다
실은 그냥 아스팔트에 그려진 화살표 하나를 쫓아
산 것도 죽은 것도 아닌

누군가 넌지시 일러준다
거의 다 왔다고, 거의 다
순대국밥 현란한 간판이 보이고 사람들은 주섬거리며 내릴 채
비를 한다
벽제다

백은선

반복과 나열 외

1987년 서울 출생.
2012년 『문학과사회』 등단.
시집 『가능세계』 『아무도 기억하지 못하는 장면들로 만들어진 필름』.
〈김준성문학상〉 수상.

반복과 나열

숲은 빛으로 부푼다 검은 글씨로 검은 것을 파란 글씨로 파란 것을 쓴다 숲은 빛으로 부푼다 나선의 계단을 오른다 숲은 빛으로 부푼다 책을 펼친다 숲은 빛으로 부푼다 숲은 빛으로 부푼다 파랑새가 가득한 캔버스에서 파랑새를 지운다 숲은 빛으로 부푼다 눈이 내린다 숲은 빛으로 부푼다 눈은 온 도시를 뒤덮고 흔들고 울부짖고 웃고 움켜쥐고 나뭇가지를 뚝뚝 부러뜨리고 유연할 수 없는 것들 휘어지다 깨져버릴 때 가장 어려운 침묵이 발생할 때 숲은 빛으로 부푼다 계란 두 알 식빵 한 봉지 베이컨 숲은 빛으로 부푼다 거짓말을 한다 숲은 빛으로 부푼다 진실을 말한다 숲은 빛으로 부푼다 얼굴을 오래도록 바라본다 숲은 빛으로 부푼다 ;= 펭귄을 봤네 부리가 뾰족했네 눈이 까마네 이름을 지어줬네 인사를 했네 안녕 못 알아듣네 눈 위에 배를 대고 미끄러지는 펭귄

숲이 빛으로 부푼다

¿

죽은 사람을 만났네 똑바로 볼 수 없었네, 나였네
나와 내가 마주 보는

소실점 속에서

숲은 빛으로 부풀고

'숲은 빛으로 부푼다'를 빼고 이 글을 다시 읽어보세요 이상합니다

이제 내가 소녀와 소년 얘기를 해줄까

휘파람 소리
슬레이트 지붕 위로 비 쏟아지는 소리
눈물이 볼을 타고 흘러내리는 소리
네가 머리를 쓸어 넘기는 소리
죄를 고백하는 나의 목소리
갑자기 터져 나오는 웃음소리
낭독이 끝난 뒤의 박수 소리
경적 소리
오래된 나무가 한밤중 삐걱하고 틀어지는 소리
침묵에 가까운 네 숨소리

어째서 내가 숲이 빛으로 부푼다고 끝이 없을 것처럼 적어댔는지

말씀드리겠습니다

유리창이 깨지고 눈발이 마루에 들이치던 밤을
심장이 뛰는 소리가 온몸을 뒤흔들던 고요를
피와 피가 뒤섞이고 눈물이 비명의 앞을 가리던

용서의 시간
기도의 시간

귓속에서 날갯짓 안쪽으로 파고들던 나방
사각사각

팽창하며 뒤틀리며 열어젖혀지는 감각을

말로 할 수 없는 절박을

말씀드리겠습니다

¿

　내가 그린 그림 내가 지운 그림 내가 나의 허물 속에서 상상한
그림 끝없이 미끄러지며 녹고 있는 그림 다정한 그림 맞잡은 손에
관한 그림 눈이 만드는 고요를 호흡처럼 내재한 그림 아름다운 세
사람이 각자의 세계 속에서 온전히 홀로인 그림

　숲은 빛으로 부푼다
　숲은 빛으로 부푼다

　밤이 끝나고 아침이 오듯
　정전된 도시를 가장 높은 탑에서 바라볼 때
　차례로 무너지듯 건물의 불이 나가는 것
　도미노처럼 쓰러지는 빛을 볼 때
　낭독 중인 시인의 입속에서
　흘러나오는 문장이 흔들리며
　청중의 귀에 가닿는 것

　그림 속에서 영원히 한곳을 응시하는

여섯 개 눈동자의 방향처럼

열리는 것
열리는 것

숲은 빛으로 빛으로

¿

이 시의
'숲은 빛으로 부푼다' 대신

'새의 날개를 찢는다'
혹은
'벽에 못을 박는다'
혹은
'절벽이 쏟아진다'
혹은
당신이 좋아하는 다른 문장을 넣어 읽어보세요

크게 달라지는 것은 없겠지요

가장 빠른 속도로 뜀박질하는 상상을 합니다
심장 박동은 점점 빨라집니다
비밀의 개수를 세어보세요
적어보세요
검은색으로 파란색으로

가장 큰 소리로 비명을 지르세요
창문이 깨질 때까지

그런 가능을 염두에 두세요

¿

펭귄

달력

스테이플러

미끄럼틀

펭귄

인간의 존엄과 인간의 악의

기도의 시간
용서할 수 없는

숲

¿

많아집니다 점점 불어납니다 당신을 잊지 않겠습니다 나를 망
치며 당신을 증오하겠습니다 맹세합니다 불처럼 타오르겠습니다

숲은 빛으로 부푼다

숲은 빛으로 부푼다

¿

    얼마나 얼마나 깊은 구멍인가요 나는 들여다봅니다 영혼이라는
것의 투명을 어둠을 빛을 파도를 들여다봅니다 아무것도 보이지
않아 아무것도 보이지 않아요 나를 죽여주면 용서해줄게 약속할게
그을린 얼굴을 찢어 편지봉투에 넣었습니다 계속 하나의 노래를
반복해 들었습니다 밤새도록 터널 속을 걸었습니다 검지와 중지를
목구멍 깊숙이 집어넣어 전부 토해냈습니다 잊히지 않는 장면을
반복해서 생각하다 보면 장면은 조금씩 변하고 거기서 나는 사물
처럼 웃고 있습니다 반복적으로 신경질적으로 나무가 되고 나무가
되고 나무가 되고 있습니다 얼마나 얼마나 시간이 흘렀는지 느낄
수 없습니다 나무 나무 나무 나무 나무 나무 나무 나무 나무 오로
지 나무로서 나무인 채 나무가 되어 나무의 자세로 나무의 호흡으
로 나무나무나무나무나무나무나무나무나무나무나무나무나무나
무입니다 그렇게 다시 말씀드리겠습니다 나무의 언어로

우리가 거의 죽은 날

경주용 말이었다

창백한 행렬 목 잘린 태양 왈칵 피를 쏟고
묵묵히

죽은 말들이 돌아오는 밤

길고 긴 이야기를 베틀 아래 숨겨두고 하나씩 부숴 새로운 이야
기를 짜고 싶어

창보다 더 창에 가까운 것
뼈보다 더 뼈에 가깝고
불보다 더 불에 가까운 것을 훔쳐보다
사라지고 싶어

이름을 부르기 전 눈을 마주 보고
긴 머리를 땋으며 눈물에 대해 밤새

싶어

경주용 말이었다고 이제 더 이상 뛸 수 없어서 예정된
내일은

담장을 넘는 담장 추락을 모방하는 추락 속에서
쏟아지는 것을 기울어진 채 굳어가는 것을
목 놓아 우는 사람의 뺨을
때리고 싶어

가지야
나는 전생에 긴 리본 끈이었지
네가 돌아오면 꼭 묶어줄게

선물의 형식으로 아픔을 줄게

고개를 치켜든 파란 하늘이 어째서인지 싫다 말하는 사람의 혀
가 싫다 줄 긋는 피가 싫다 거래와 거래를 일삼는 검은 옷들이 싫
다 어째서인지 생강을 먹고 싶어 생강의 냄새를 맡고 싶어

천국은 단련의 흔적이었고

그곳에서 밥을 먹었다
따뜻한 선짓국을 깍두기를 청양고추와 현미밥을

차가운 것이 분수처럼 흩어질 때
고개를 끄덕이며 열차를 불러 세울 때

단정하고 정갈한 하나의 문장을 사이에 두고

마주 앉아 영원히 응시하고 싶었다 눈동자
깨끗한 우리의 빈손

가지야
인간들은
미래를 몰라

낙엽을 모아 침대를 만들고 거기 누우면 온통 흙과 차가운 돌의
냄새가 난다 따갑고 포근해 이상하지 이상하지

잠이 오지 않는 밤은 바다를 헤엄치는 상상을 해

아무것도 설명하지 않을게

손을 잘라 줄게 눈을 빼 쥐여줄게 깊고 깊은 피를
깊고 깊은
침묵을 아끼는 눈송이의 주파로만 다가갈게

죽은 색들이 돌아오는 밤
오래도록 카레를 끓여 한 그릇씩 나눠주고 싶다
색색의 온도들이 가만히 일렁이는 것을 보며 미소 짓고 싶다

눈물은 너무 캄캄해 도무지 연결에 대해 생각할 수 없고 천천히
온몸이 분해되어 흩어지는 장면을 떠올렸지 그런 마음이 세상에
있어 좋다

어째서인지 달리는 말은
불안을 재료로 만든 것 같아

찰나인 동시에 영원 같아

이해할 수 있니 세계가 하나의 작은 성냥갑이라는 걸 긋지 않으
면 아무 일도 일어나지 않을 딱딱한 어둠에 불과하다는 걸

우리가 거의 죽은 날

열두 번째 밤에 노래 불렀지
투명한 물이었지
불투명한 물이었지

계속 돌고 있는
계속해서 돌고 있는

((

경주용 말이었다
오로지 달리기 위해 엄격한 계보 아래
만들어진 생명이었다

고장 난 태엽 시계를 창틀에 올려뒀어

우연히 정확을 가질 수 있을 것 같은
조소에 가까운 예감

나는 전생에 무거운 돌이었어
가지야
네가 돌아오면
단단한 심장이 되어줄게

내가 싫어하는 말들 영원, 모두, 접속사, 지시대명사, 모호하기로
작정한 모호뿐인 말들 그래 알아 가끔 그렇게밖에 할 수 없는 말도
있지 이토록 비좁은 트랙에서는 방향을 바꿀 수 없으니까 앞만 보
이니까

줄곧 지는 해를 보고 있었어
해가 지고 낮은 구름들이 몰려들어
눈송이를 잔뜩 쏟아내는 것을

오해하고 싶어 오해하기로 작정한
빨강 같다

지지 마
꼭 이겨줘

마음껏 생각할 수 있게
생각한 대로 말하고 움직일 수 있게

쓸모를 고민하지 않고 살아 있어도 된다고
.

죽을 때까지 살아 있을 거라고

톺아보았지 결정 하나하나
세상은 멈춘 것 같고 떠오르는 동시에 추락하는 것 같은
돌아버릴 것 같은 머리가 깨질 것 같은

추위
잊지 말라고
잊지 말자고

기도

안장 위에 얹힌
기도

이미 죽은 것이었고 소용없는 짓이었고
믿음은 이렇게
무르고

한 덩이의 커다란 두부를 끝없이 검은 물감으로 칠하던
예술가의 검게 물든 손이

가도 된다고
문을 열어주던
밤의 기척이

괄호처럼

가지야 너는 전생에 가위였고
긴 끈을 자르기에 충분했어

차가운 돌 차가운 돌 차가운 돌의 앞도 뒤도 없는
두 발을 숨겨주던 천국에서

붓을 내려놓기 직전
마지막 붓이 스친 자리에서

가지야 가지야
끝없이 부르고 싶어
내 안에서 꺼낼 수 있는 모든 소리로
너를 만들고 싶어

이중 나선

파란 깃털

모자를 쓴 구름

불면의 밤

쓸수록 멀어지는 것

입 없는 개들이 눈밭을 뒹굴며 서로의 서로가 되고
귀 없는 사람들이 박수를 치며 노래를 부르지 열두 번째 밤이었
지

들을 수 없으니까
날개가 없으니까
잠들지 않아도 밤은 지나가고

그러나 그러나의 날들이 계속되고 그러나 그러나

검은 손은 아무리 닦아내도 벗겨지지 않는 색이라서

그럴 필요가 있나요?
어차피 다시 팔레트 가득 검정일 텐데

반복은 중요합니다
다음도 검정일 거라고 누가 확신할 수 있죠

당신의 눈동자 속에 파랑새가 앉아 있어
얼굴은 두 개의 새장
온통 쪼아대며 지저귀며

새를 키우는 것은 여러 가지로 어려운 일이고
나는 새의 눈으로 봅니다

그래요? 말의 눈은

나는 볼 수 없는 것이 있어요
잊을 수 없는 것이 있어요

당신의 창을 열면 새가 날아가고
그런 실명은
아름답겠지

다음은 뒤죽박죽의 색들로
가득한
그림이겠지

나는 가지를 생각하며
가지지 못한 가지를
가지 못한 가지를

못하고 못하고 못하고

시계의 초침을 생각하고
생각이란 말이 싫어

대신 무엇을 쓸 수 있을까요? 떠올렸다고 하면 될까요? 봤다고
하면 느낀다고 기억한다고 하면 뭐가 다른가요? 그런 안일 속에서
쓰며 쓰며 쓰며

눈물은 복사기에서 생긴 검은 여백 같았고
텅 빈 어둠과 동일한 눈우물
깊어

더 이상 부를 수 없게 되면
그때 난 무엇이 될까

묻지 못했고 그런 절멸에 가까운 호흡으로
눈 속에 얼어붙은 까만 것 하얀 것 빨간 것

아무것도 설명하지 않을게

싫어, 싫어

썼던 것을 지우고 다시 쓰고 다시 지우기를 반복하는

바다 위로 내리는 눈 사라지는 눈
파도가 웃어
가지야

축성祝聖

마지막 순간에는 그걸 환희라고 불렀다
마지막 순간에는 그걸 축복이라고 불렀다
마지막 순간에는 그걸 사람이라고

한밤중 비처럼 손가락이 쏟아져 내리기 시작할 때

피로 물든 거리가 섬처럼 떠오를 때, 가라앉을 때

눈먼 손들이 찾아 헤매는 것
아름다운 네가 꿈속에서 잃어버린 것

동굴은 창밖의 새에 대해 노래했다
돌아오지 말라고, 거짓보다 진실 아래서, 물보다 깊은 핏속에서,
숲보다 아픈 구름 속에서 살라고,

시작할 때, 손가락들 허공을 가르며 쏟아질 때
무서워, 무서워서 공기가 빛으로 부풀 때

침묵은 가르치지 검은 것을 깊이를 알 수 없는 구멍을 허방뿐인

영원을

　어긋난 뼈들 꽉꽉 짓밟으며 눈과 입과 귀를 버리지 못해서

　무엇도 움켜쥘 수 없는 이 기다란 조각들이 예뻐서

　우리는 모였지 동굴의 입구를 막고 눈물로 지은 밥을 나눠 먹으
려고 서로의 목을 조르려고

　두 손을 숨긴 물고기처럼 깨끗해지려고

　줄을 타는 사람
　줄을 타는 사람

　잠에서 깨어나지 못하는 네 아름다움을 내가 다 알아서 나는 커
다란 벽이 되었다가 작은 새가 되었다가 쏟아진 적 없는 물이 되었
지

　한낮의 찬란 속에서 쌓여 있는 손가락들 붉게 붉게

반짝일 때 섬처럼 흩어질 때
쥐들이 모여들어 검게 검게 먹어 치우기 시작할 때
마지막 마지막 초침이 돌아가며 말을 꺼내기 시작할 때

온통 갉는 소리로 도시가 가득 찰 때 끔찍한 기쁨을 누군가 내려
다보며 웃지

마지막 마지막 마지막

줄을 타는 사람
줄을 타는 사람
수도 없이 늘어선 공중의 문을 끝없이 닫는 사람

두 손을 숨긴 물고기처럼 깨끗해지려고

클리나멘

어두운 강의실에 앉아 그런 것을 떠올렸다

천 미터 상공에서 천 장의 종이를 뿌린 다음,
서로 겹쳐진 부분만 남긴다면

색색의 스프레이
분홍이나 파랑 초록 보라 빨강 빨강
포개진 영역만 표시한다면

가장 높은 건물 옥상에 올라가
내려다본다면

어떤 무늬일까?

우연을 실험하는 것

재미있지 않겠니

그런 생각을 했다

스물한 살의 여성들이 고통받는 것을 보며

세계는 정방형의 빛이고
빛 속에는 어둠뿐이라서
벌어진 틈으로 잠깐 훔쳐본
돌 같은 것을 말한다

망가지는 과정을 고스란히 찍어
가장 어두운 상자 속에 전시한다면

네 손가락을 하나씩 자르는 과정에 대한 작업
죽은 너의 살을 발라내 온몸의 뼈를 포개 쌓는 작업
죽은 연인을 가장 안전하게 만드는 공동생활

세계의 비밀에 가까워질 수도 없는데

끝없이 두들긴다
단단해질 것도 없는데 두들긴다
으스러질 때까지 두들긴다

단련…… 단련…… 단련……

유효할까
미치도록 아름다운
새가 될까

나는 어두운 바다를 앞에 두고 앉아
소리에 대해
소리를 만드는 힘에 대해
그걸 듣는 귀에 대해

멈춰 선 채 입술을 꿰맨다

말할 수 없는 것은 전부 겹쳐진 영역에 칠해진
색을 의미한다고 믿어

무늬와 무늬
네 꿈을 꾼 적은 없단다
네 꿈을 꾼다면

빨강뿐인 나무로 가득한 숲을 산책한다
네가 잊은 것들로 가득한 숲을

컨테이너가 산적한 부둣가처럼
어둠이 내리는 늦은 오후 창에 반사되는 아슬한 빛처럼
절박한 것이 전부 사라져서

이제 작업을 계속할 수 없다고
고백하는 사람에게 등을 돌리고
쉽다고 말하는 사람에게 문을 열어주었다

죄를 지었다

안개로 향하는 긴 터널이었다

재미있지 않니

모든 여자들이 스물한 살이었거나
스물한 살이 될 거라는 게

고통받을 거라는 게

보는 눈이 그것을 예술이라고 부르는 게

나는 생각을 한다

　나는 생각을 한다는 말을 더 이상 적고 싶지 않다고 계속 생각했
는데 또 생각한다고 쓰고 말았구나 생각을 한다 생각을 한다는 생
각을 생각 위에 생각을 생각 위에 생각을 돌처럼 돌을 본 눈처럼
검은동자 속의 뿌연 상想을 하양 속 깊고 깊은 그림자를 그림자 속
에서 호흡하는

　집

　섬

　불

　겹과 겹

괜찮다고 말해줘서 고마워 그런데 실은 괜찮지 않아 미안해

그런 말을 했고
잠든 얼굴을 내내 바라보며

천 미터 상공에서 종이가 내려앉기까지의 시간
분포와 확률에 관한 예감

포개진 것들은 다 아름답고

경험

경험이 있습니다

경험을 주고 싶어

아름다움을 갖는 것
아름다움을 잊지 않는 것
아름다움을 만드는 것

여러 개의 손으로
여러 개의 눈으로

어두운 시골 마을처럼

겹과 겹
겹과 겹

파도가 쳐

영속 永續

아니다 그렇다 괜찮다 괜찮지 않다 보인다 보이지 않는다 빛이
다 어둠이다 포옹이다 밀침이다 눈을 동그랗게 뜨고 바라본다 한
낮의 나무 한낮의 섬 한낮의 그림자

　—돌아본 사람은 영영 잃어버리게 된대
　—어째서 사랑은 손보다 더 손이 될까

돌아본다 한밤의 어둠 속 웅크린 심장을
한밤의 두근거림
펄럭이는 커튼 아래 놓인 심장을

　—한 번 잃은 것을 다시 잃는 게 뭐
　—한 번도 가진 적 없는 것을 소유한다는 게 좋지

늘어난 소매를 물어뜯으며 기린은 어떻게 울지 생각하다가 세
상에는 침묵의 동물도 있다고 결론지었다
　모든 게 너무 빨라서 기린의 리듬으로는 상상할 수 없는 나무가
있어서

헛되고 헛되며 헛되고 헛되니 모든 것이 헛되도다* 물속에서 숨 쉬는 법 얼음이 녹는 동안 불어나는 것들을 헤아리며 기도 위에 기도를 놓고 다시 허무는 방식으로 허물어진 자리에 다시 다시

놓고 허물고 놓고 허물고 놓고 허물고

손을 대봤어 뜨거웠다 그것을 마음의 열도라 한다면

—계속할 수 있겠니
—두 개의 손은 열 개의 뿔이었대

괜찮지 않아 괜찮지 않아 부러지는 것들 숨을 참으며 매일 침묵을 연습하며 어떤 백색증은 몸의 가죽이 아니라 내부에서 생겨난다

죽은 몸을 가르면 모든 것이 하얗다고

거짓을 말할 때마다 세포는 하나씩 어둠을 잃는다고

* 전도서 1장

졸업

서로의 목소리를 들을 수 없게 되었을 때

×

머리를 잡아당기니 머리가 하나 더 생겼다
이름의 반을 쪼개 서로를 부르기로 해

두 개의 눈이 창밖을 볼 때
두 개의 눈은 게임을 한다

구름의 색은 이상하고 예쁘다

그런데도 몸은 하나뿐이어서

너는 은이고 나는 선이야

거울을 놓고 앉아
서로의 징후를 이야기하고
오른손으로 오른쪽 머리를

왼손으로 왼쪽 머리를
두 뺨을 맞대고
눈물을 흘린다

날개는 얇고
무지갯빛
그런 눈물을

두 개 가지 높이 뻗은 복숭아나무
끔찍해
아름다워
우리 같아

잠시만 불을 꺼주세요
그 새가 혼자 노래할 수 있게

죽은 자가 잠시 내려와 한 줌씩 웃음 가루를 나눠주고 갔지

모두 함께 나눠 먹은

초콜릿 케이크
초콜릿 케이크

연기해도 될까요 연기할 수 있을까요
가장 어려운 질문을 앞에 두고 엎드려
두 손을 모으던 날들

그림자 속에 얼굴을 담그고
빨간 꽃을 지나쳐 가는 빨간 꽃을 보며
눈 속의 눈동자를 보며

노트 속에 내가 적은 문장
세계가 나의 침묵을 도와줬으면 좋겠어

너무나 커다란 것 동시에 너무나 작은 것
그런 것을

쌍떡잎식물 보르헤스 픽션 다이어리 픽션 다이어리 다정한 관
성 수화기 너머 목소리들 광물처럼 열리는 눈 속의 창들

우린 여러 갈래의 머리채
너에게는 너무 많은 소리가 들렸지
내가 침묵을 들을 줄 몰라서

(앞으로 저를 만나는 사람들은 물어보지 마십시오
잘 지내냐고 묻지 마십시오
제 대답은 영원히 아니오입니다
그러니 묻지 마세요)

침묵 속에서 산책하자

여러 가지 나무 수은처럼 흔들리는 도시
강변 난반사
길어지는 그림자 그림자
그림자가 뒤적이는
우리의 뒷모습이
악마의 형상을 하고 있더라도
절대 뒤돌아보지 말아줘
이름을 밖으로 꺼내지 말아줘

내가 가도 돼?

종소리가
꾹 누르면 부서질 듯 얇은
소리가

투명한 종잇장처럼

부서진다
부서진다

******

뮤지션을 만났다
뮤지션은 말이 없었는데
근사해 보였지
그렇지만 나는 가만히 있음으로 반을 얻는 사람은 싫어
허점투성이 요동치는 파도 속 비명의 숲이 더 좋아

가장 중요한 질문은
계속할 수 있을까와 괜찮냐는 것

물으면 대답할 수 없는데도

언제 다정해야 하는지
차가워져야 하는지
태도의 옳음을 가릴 수 없어서

발끝만 꼼지락거리며
마셔댔지
저 바닷물은 언제 다 사라질까요

그런 눈물을

내가 가도 돼?

빛을

촉수를 뻗으며 투명하게

우리의 목이 무한히 길어지고
서로의 목소리를 들을 수 없게 되었을 때

기쁨이란 이런 걸까

사정하며 목을 조를 때

살았다가 죽었다가 다시 죽을 때

날개를 접은 새의 날들

++++++

고동 소리만 가득하고 심장은 보이지 않아서
불화하는 것들이 서로 내밀하다고 믿어서
아무 뜻 없는 말을 영원히 발음하고 싶어서

그럼
눈물을

살려줘 살려줘요 썼다 지워

나무들을 봐 저 많은 잎을 가지고도
수북수북 흔들리면서
시끄럽게 조용할 수 있잖아?

난 아니거든

돌을 만지는 감촉
돌들이 서로를 사랑하는 방식
돌만의 리듬으로 돌과 돌을 돌처럼 돌이 되게 만드는 돌만의 기
적으로 돌이라고 돌이라고 돌뿐이라고
돌의 기쁨으로

우리의 두 손
가볍고 환한 두 손

흘러내리기 좋은 두 뺨

하나의 목소리를 나눠 쓰는

대화는 마치 긴 독백 같고
날개가 돋을 것 같은
땋은 머리채의 날들

불의 커튼으로 얼굴을 치장하고

너는 괜찮다고 하고
나는 계속하자고 하고

그러면 기도도 괜찮아
그러면 괜찮아

그러면 무한히 넓어지는 행간으로
웃지

웃었지,

넘어진 몸을 일으켜 세우지 말아줘
집에 가자 말하지 말아줘
기억나지 않는다고 모른다고 하지 말아줘

맞닿은 입술이
떨어지는 순간

해가 지고
눈이 내렸다

숲은 숲이고 손은 손이고 너는 너고 나는 나 두 개 다른 생각을
하고 다른 꿈을 꾼다

마른 잎을 손에 쥐고
물속을 걷는 숲

뒤집힌 몸으로 피부와 내장은
자리바꿈

바람은 아픔이 이동한다는 뜻
고요한 경멸이 날개 없이 날아다닌다는 뜻

내 머리는 종속의 추가 되어
두 시엔 두 번
열 시엔 열 번
들이받으며 부서지지

내 눈이 커지네
나는 본다네
거대한
협곡을

그런 말을 했지 네가 잊지 말라고 가르쳐주었지

!

2019년 7월 5일
서울남부지방법원에서 협의이혼 서류를 접수함
미취학아동 부모 교육을 받음
2019년 8월 5일
법원 의무 부부 상담을 받음

///////////////////////
///////////////////////

넌 네가 사냥꾼이라고 믿었다
난 내가 사냥꾼이라고 믿었다

붉은 색연필로 두 손을 칠하는
텅 빈 일요일 오후 세 시

일요일은 회문이고
눈 깜빡이면 사라지는 주문

토끼와 여우를 만나면

서로의 귀를 바꿔줄게

#

서부간선도로에서 로드킬 당한 작은 고양이를 봤어
고무장갑이 떨어져 있는 줄 알았어
빨간 것이 엎질러져 있어

인간의 시각은 이상하지
꼭 봐야 할 것은 못 보고
아픈 것은 잘도 본다

이해한다고 하지 마
죽여버릴 거니까

다 알고 쓴 거니까
믿기 위해 이곳에 왔으니까

픽션 다이어리는 내가 다음에 쓸 시 제목이고

보르헤스에게 하고 싶은 말을 편지로 쓴 시가 될 거야

2019년에 그가 살아 있었다면
재미있는 걸 많이 쓰거나 게임광이 되었을 텐데

2019년 10월 21일
최종 판결일
우리는 거기 있을 것이다

나는 두 손으로 얼굴을 가려
내가 가리고 싶은 건 얼굴이 아니었지만

돌은 손을 알고
서로의 미래는
베이지색 삼각기둥 모양

엎드려서 울고 있겠지
병신같이

꼴좋다

너는 그냥 바나나를 쥐고 있는 원숭이였어
사냥꾼은 멀리서 우릴 향해 총구를 겨누고 있었지

빛 속에서 환히 웃으며

(누군가 그걸 천륜이라고 부른대
그대로 멈춰라
그대로 멈춰라
불을 매달고 달리며
웃으면서 달리는
그런 미친 새끼를)

픽션 다이어리

*읽고 싶은 순서대로 읽으세요.

저는 이제 이혼을 합니다. 이 말 외에 제게 더 할 말이 남아 있는지 잘 모르겠습니다.	앞으로 당신이 어떤 어둠 속에 있더라도 절대 곁을 떠나지 않고 지킬게.	나는 NPC인데 이 게임에서 내 역할은 같은 자리에 서서 영원히 같은 말을 반복하는 것이다.	함부로 맹세하지 마세요. 당신은 당신을 잃게 될지도 몰라요. 노래하는 새를 따라가면 숲이 있을 거예요. 친구. 행운을 빌어요. 따위의 말을.
보르헤스가 생각한 픽션이란 지금 우리가 생각하는 소설이라는 것과는 완전히 다른 개념의 무엇이었다. 가상세계와 현실 사이의 비좁은 틈 같은.	이선이가 게임을 조종하는 게임을 컴퓨터로 만들어달라고 했는데 엄마는 그런 거 못해서 그런 시를 써보고 싶어졌어.	편지를 쓰고 싶었던 건 아마 우리 사이에 어떤 친연성이 있다고 내가 믿어서인지도 몰라요. 근데 이제 쓰기 싫어졌어.	매일 알렙에 대해 생각하는 데 그 이유는 내가 알렙을 보기 때문입니다.
나는 NPC인데 이 게임에서 내 역할은 같은 자리에 서서 영원히 같은 말을 반복하는 것이다.	게임을 만들려면 먼저 코딩 교육부터 받아야 될 텐데 엄마는 코딩이 싫어. 이해할 수 없는 기호들 속으로 숨는 뒷모습이 되기 싫어.	내가 어쩌다 이렇게 되었나? 저쪽으로 가세요.	세상만사 하고 보면 쉽다.
돌아오지 마. 돌아오지 마. 돌아오지 마.	역시 인간은 재미있어.	윤은 내게 건강하고 행복하게 살기를 바란다. 다만 나는 윤이 불행하고 엉망으로 살기를 바랍니다. 영원한 외로움 속에서 울지도 못하길 바랍니다.	칙칙과 폭폭 사이에서 너는 죽게 된다. 정확히 15초 뒤에.
세 번 목을 매고 세 번 실패했습니다. 아이가 닫힌 문을 두들기고 있었습니다. 올가미에서 목을 뺐습니다. 잘 풀리지 않았습니다.	보르헤스가 지금 살아 있다면 유튜버가 되었을까? 인디게임 좋아하는 히키코모리가 되었다가 나랑 게임 속에서 만났을지도 모르지.	던전으로 가는 걸 좋아했어. 그게 어디든. 죽은 사람은 진짜로 죽지는 않지. 나는 아직도 가능세계를 생각해. 거기에서 나는 결혼 안 했어.	볼 수 없습니다. 볼 수 없습니다. 보이지 않습니다.
자해가 취미냐는 말을 듣고 화가 나서 처음으로 자해를 해보았다. 쉬운 일이 하나도 없다.	내가 먼저 당신이 될게. 빛 속에서도 그림자 속에서도 흔들리지 않는 사람이 되어 우리 가족을 보살필게. 무슨 일이 있어도 나는 당신의 편이야.	나는 NPC인데 이 게임에서 내 역할은 같은 자리에 서서 영원히 같은 말을 반복하는 것이다.	나는 NPC인데 이 게임에서 내 역할은 같은 자리에 서서 영원히 같은 말을 반복하는 것이다.
알렙의 서사는 솔직히 존나 뽕났습니다. 언젠가 내가 다시 쓰고 싶어요. 고전들의 정수만 두고 다시 쓰는 일을 하고 싶어요.	우리를 이 자리에 함께하기까지 도와주신 많은 분들. 이 자리에 와주신 여러분 감사합니다. 예쁘게 살게요. 지켜봐주세요.	마지막 칸은 당신이 직접 채워주세요. 당신의 시작도 끝도 반복도 절망도 좋아요.	

서윤후

모모제인某某諸人 외

1990년 전북 정읍 출생.
2009년 『현대시』 등단.
시집 『어느 누구의 모든 동생』 『휴가저택』.
〈박인환문학상〉 수상.

모모제인 某某諸人

천국에서 허탕 친 사람들이 부엌으로 돌아와
식은 국을 다시 데울 때
나는 친구를 사귀고 싶었다
두리번거리는 일을 잊지 않기 위해서

식빵과 가스 밸브와 환기구의 구도를 완성하는
불개미의 촘촘한 행렬은
시차 없이 모든 시간에 불쑥 관여하였다
들끓는 것들 중 가장 말수가 적다는 것을 배울 무렵
누가 올 거야, 얌전히 있어
나는 그런 말에 눈동자가 묶여 있었다
방 안에 들어가 바늘로 눈알을 긁어놓은
사진 속 사람들을 세어보았다
긴 밤이 나를 지루해할 때까지

얼굴이 얽은 곰보 청년은
우리 집 담에 기대어 담배를 피웠다
창공엔 표정 하나 없이 새파랗게 멍든 얼굴이
신은 자신이 떨어뜨린 눈, 코, 입이

어디에 붙어서 사는지 그런 구경이나 해보려고
날씨를 준 것은 아닐까

거울 앞에서 앞머리만 자르다 가버린 여름이 있어
보풀만 떼다 끝나버린 겨울도 있어
그렇게 말하는 사람과는 어울리는 게 어렵지 않았다

그렇게 우리는 서로 다른 얼굴로 만나서
같은 표정으로 헤어지는 사이가 된다

집에 누군가가 떠날 때까지
바깥을 서성거렸다
재재한 아이들이 줄지어 밖에 나와 있었다
잠깐만 나가 있어, 그 말에 풀려나서는
불개미들처럼 천적이 없다는 듯
빨개진 볼로 어둠을 데우는

나의 불쏘시개
나의 친구들

빛불

머리에 불을 지르고
무엇이 떠나가는지 지켜보았다

견딜 만하냐고 묻던 사람과 나와 썩 어울리지 않던 사람과 반찬
을 나눠 먹던 사람이 떠났다 그리고
잠깐만 따뜻해질 수 있어 가까이 오는 것들

어떤 하품은 나를 찢는다 박박
어떤 침묵은 나를 떠들썩하게 한다 뜰뜰

창밖 유람선에 탄 사람들은 불이 난 내 머리를 가로등 정도로 본
다 나는 그제야 거의 보이지 않는 그을음이 된다
이제 뭔가가 될 수도 있을 것만 같다

철새들은 잘못 내려앉아 알을 낳았다 알이 익지 않으려면 나는
여행을 가야 한다 알을 깨뜨리지 않으려면 머뭇거려야 한다

계절을 교란시킨 나는 잠에 묶여 꿈을 꾼다 여름성경학교로 가
는 아이들이 노란 봉고차에서 내리는 것을, 눈썰매 타던 코 빨간

아이들이 그 봉고차에 올라타는 것을
  이것이 집으로 가는 마지막 차라는 것도 안다
  그때에만 할 수 있는 이야기가 떠나고
  남겨진 아이들이 모두 한 줌 눈곱을 치렁치렁 매단 채 나를 본다
  관자놀이에서 울던 종소리가 그친다

  창밖 울타리가 무너지기 시작한다
  쌓아 올리기 좋은 모양새로

  나는 어둠을 입히기에 좋은 마네킹으로 태어났다
  출고 불가능의 상태였지만

  모자를 고르러 간 사람이 돌아오고 있다 기나긴 어둠의 끄나풀
로 차양을 빚은 중절모에 리본을 매달고

  모자가 마음에 들어서 웃음이 났다
  웃을 때마다 불길이 솟구쳤다
  그렇게 빛나는 법을 알게 된 것은 멈출 수 없다

눈먼 새들이 빙글빙글 돌며 나를 호위한다
내가 식어갈 때까지

창밖에서 기다리던 친구들이 외투를 벗어
서로의 소매를 단단히 묶기 시작한다

신빙과 결속

싸움이 끝난 뒤 깨진 화병은 누가 치우나

남겨진 사람은 조심성 없이 그것을 줍고
집 잃은 새를 보듬듯 꽃을 주워다
종량제 봉투 앞에 서게 될 때
그렇게 향기가 스민 어둠은 왜 밤새 사라지지 않을까

기나긴 복도를 생각하면
열려 있던 문들이 하나둘 닫히기 시작한다
잠들기 위해 눈 감으면 비로소 눈 뜨는
화병에 베인 손날의 붉은 눈이여

유월의 신호위반 딱지가 팔월에 날아온다
빙빙 돌려서 하게 되는 말은
멈춰야만 알 수 있는 팽이의 표정과 같아
어둠이 붙잡아둔 빛과의 일화

두고 간 어둠을 켜서 내 어둠을 부끄럽게 하고
국만 여러 번 데우다 끝난 긴 저녁

손바닥만 한 창문을 방문한다

바깥은 어떻게 어두워지기 시작했는지
잠시 멈춰보면 보이는 것이 있고
휘몰아쳐서 섞이게 되어 모든 풍경이 검정으로 갈 때
나는 섞이지 못한 색깔처럼 분명해지고

나를 바라보는 종려나무 한 그루가
물 한 번 준 적 없는 내게 공짜로
눈동자 위에 흐려진 것을 털어준다

어둠은 어둠에게만 친절한 법이지
아주 형편없는 예의를 갖추고서
창문을 거울 보듯 한다
아무것도 보이지 않는 것이 익숙했다

상아먹 象牙墨

요즘에도 너는 늦게 자고 늦게 일어나니
창문을 열지 않고도
들이마실 어둠이 아직 많다는 것을 아는
배부른 표정을 꺼내놓았니

어젯밤 자살한 홍콩 가수 소식을 전해 들었니
그런 소식은 어떻게든 기어와
눈감는 장면에서 금세 시들어버리는 게

규칙에 맞게 교차로를 건너고
육교 대신 지하보도를 택하고
무사히 집에 돌아온다는 것만으로도 신기할 때
죽은 생쥐를 꽉 문 어린 고양이가
많은 걸 알지 않았으면 하고 바라진 않니

기대에 못 미친 나를 두고 온 거리마다
차가 밀려 도통 움직이지 않을 때
한 번쯤은 문제작을 쓰고 싶지 않니
사람들을 불러 모으고

눈 감고 박수와 따귀를 구분하는 팽팽함을 뚫고
끝내 손잡고 대회의실을 걸어 나가는

상상은 헤프게 해볼 수 있다고
고리도 손잡이도 달린 게 없는 혼자가
끝끝내 어디엔가 매달려 있다는 기분조차
스스로 끝낼 수 없는 게 가끔 아찔하지 않니
키 크는 꿈처럼

첫 시집을 끝으로 서재에서 영영 사라진
젊은 시인의 초상화를 본 적 있니
눈에서 계속 흐르는 것을
어떻게 주워 담으며 살고 있을지

그런 호기심에 출렁이기도 하는 물속에 갇혀
그동안 모은 성냥을 쏟아본 적 있니

너는 지금 너의 어둠이 마음에 드니

무한한 밤 홀로 미러볼 켜네

티브이에 춤추고 노래하는 내가 나온다

생선을 바르다 말고 나를 본다 이 무대를 끝으로 은퇴를 고심할 댄스 가수 얼굴을 애써 외면하지 않는다

술 취한 자들의 노래만큼 엉망이었지 흥얼거리다 사라질 이름 인데 너무 오래 쓴 거야 돌려주긴 그렇고 버리는 것이지

나도 잃어버린 것을 주워다 썼으니까

코러스 없이는 노래를 못 해요 무반주는 아주 곤란해요 악보 볼 줄 몰라요 춤은 자신 있어 함성 질러주면 노래 열심히 안 해도 될 텐데

무거운 가발을 벗으면서 노래를 시작하는 게 두려워? 끝내는 건? 남겨진 질문에 흔들리는 귀걸이의 큐빅으로 대신 말한다

잘 모르겠어 모르는 게 많아 신비로울 줄 알았던 텅 빈 해골에 사람들은 찬사를 보내고 내장까지 꽉 찬 헛기침으로 난 구름을 걷 고

내가 누군가의 기분이 될 수 있으리라 당신의 흥미를 비틀거리 게 하리라

하지만 난 신의 오르골이 되었지 이쯤으로 해둘까 끝나지 않는 인터뷰 말미에는 말하게 될 것

무대를 떠나겠다고, 내가 남긴 노래 내가 남긴 말, 나의 춤보다

먼저 늙어버릴 육신!

질 좋은 무대의상이 있었다고 출처도 모를 협찬이었지만 전 재산을 바쳐 그것을 걸쳐 입고 마지막 무대에 올라선다

밥상 밑에서 맨발을 긁적거리면서 하얀 생선살을 가지런하게 바르고 있었다

노랫말처럼 살다 간 사람이 있었대 그럴 줄 모르고 그 베스트 앨범에는 아직 분장을 지우지 않고 잠든 이가 깨어나

무한한 밤 홀로 미러볼 켜네

하룻밤

　이혼한 아버지는 개밥 주는 일을 잊어서 만난 지 십오 분 만에
돌아가야겠다고 말했다 나중에 먹으려고 불판 가장자리에 굽던 갈
비뼈만 물끄러미 바라보았다 우리는 차를 가지고 너무 먼 곳에 와
있었다 아버지가 친구와 통화할 적에 자신이 고향에 온 것을 비밀
로 해달라고 말했다 엉망이 된 자들이 모두 돌아오는 고향, 그곳은
내가 태어났으나 엿듣기만 한 곳이었다 기억 한 줌 없이 아프게 된
창밖 풍경을 바라볼 뿐이었다 그러다가 몇 번 내릴 곳을 놓치고는
원하지 않는 곳에서 차가 멈춰 섰다 무거운 가방을 메고 기차역까
지 걸어가 승강장에 가만히 앉아 있었다 앉아만 있어도 길어지는
벤치였다 문단속 된 가방의 지퍼만 열었다 닫았다 반복했다 챙겨
온 것이 너무나도 많은 작은 가방에서 당장 꺼낼 수 있는 것이 없
었다 물방울 맺힌 세면도구를 보며 눈동자를 씻을 때, 도착할 때쯤
엔 잘 도착했냐는 연락이 올 것이다 잘 지낼 무렵이면 잘 지내냐는
연락이 올 것이다 여름은 매번 지독한 얼굴을 애써 감추지 않았다
저녁에는 쌀쌀해질 것 같아서 챙겨 온 외투를 꺼내어 허리춤에 질
끈 묶었다 순간이 영원하다는 말을 잠깐 이해할 뻔했다 빗발치는
햇빛과 더는 응답할 수 없는 피부 그 사이의 시간은 가렵기만 했다
땀에 찬 손목시계를 애써 비틀며, 철도 위로 들어선 열차를 보았다
구름은 사람들의 손부채질 속에서 날개를 찾아다녔다 막 구겨지기

시작한 차표를 건네고 기차에 올라탈 때 승무원이 내 가방을 붙들
고는 놓아주지 않았다 얘야, 이건 내일 출발하는 기차표란다……
하룻밤 공기를 다 들이마신 것처럼 숨이 잘 쉬어지지 않았다

사슬뜨기

싸움이 뜨겁게 번지는 걸 봤어
각자 가슴을 갈라 가장 차가운 걸 꺼내는데도

사슬은 자꾸 영원으로 달아났지
불가능을 매일 하고 있었어
성실하게

매일 가능할지도 모르는 백 년을 해로하다 죽는다면
　그 사슬은 고스란히 남겨진 자의 쇄골이나 어깻죽지에서 차가
운 것을 빚을 거야
　피를 탕진해서라도

그날 들은 말은 나를 가만두지 않겠다는 말이 아니었어
내가 누구인지 모르겠다는 말이었지
유령이 지칠 때까지 싸우는 기분이었어
잊기로 한 사람은 평생에 걸쳐 걸어 잠근 빗장을 다시 열지
처음 본 사람들이 사슬에 포박되어 있는
눈물보다 가소로운 것을 폐수로 흘려보내는

거울호수를 뛰어놀았어
끝장나기 좋은 깊이거나 남들 눈에 안 보이는 걸 보인다고 말하
면 되는 언저리쯤……
가여운 사람들은 속아주면서 함께 깨어나자고 했어

여기는 영원의 뒷면 같아요, 그래서 끝날 수 없는 건가요?
백 년 전에 살았던 사람이 다가와 내게 형이라 불렀어
응, 이라고 대답했지
말뚝에 묶인 채 아주 멀리 다녀온 것뿐이니까

잊힌 사람을 불면 모래처럼 흩어져
눈동자에 달라붙고 목구멍 속까지 쌓이게 돼
그렇게 태어나지 사슬의 주인은

입술 위에 굳건하고 차가운 것을 장전해
그 무엇도 원하는 것 없이 서로를 겨냥해야 알 수 있는 것
방아쇠를 비집고 영원으로 달려 나가는 명장면

그는 내가 가지고 있는 것을 가지고 있어……

그는 내가 가지고 있는 것을 가지고 있어……

안희연

열과^{裂果} 외

1986년 경기도 성남 출생.
2012년 『창작과비평』 등단.
시집 『너의 슬픔이 끼어들 때』 『밤이라고 부르는 것들 속에는』.
〈신동엽문학상〉 수상.

열과 裂果

이제는 여름에 대해 말할 수 있다
흘러간 것과 보낸 것은 다르지만

지킬 것이 많은 자만이 문지기가 될 수 있는 것은 아니다
문지기는 잘 잃어버릴 줄 아는 사람이다

그래, 다 훔쳐 가도 좋아
문을 조금 열어두고 살피는 습관
왜 어떤 시간은 돌이 되어 가라앉고 어떤 시간은
폭풍우가 되어 휘몰아치는지

나를 이해하기 위해서는 솔직해져야 했다
한쪽 주머니엔 작열하는 태양을, 한쪽 주머니엔 장마를 담고 걸
었다

뜨거워서 머뭇거리는 걸음과
차가워서 멈춰 서는 걸음을 구분하는 일

자고 일어나면 어김없이

열매들은 터지고 갈라져 있다
여름이 내 머리 위에 깨뜨린 계란 같았다

더럽혀진 바닥을 사랑하는 것으로부터
여름은 다시 쓰일 수 있다
그래, 더 망가져도 좋다고

나의 과수원
슬픔을 세는 단위를 그루라 부르기로 한다
눈앞에 너무 많은 나무가 있으니 영원에 가까운 헤아림이 가능
하겠다

추리극

천사, 영혼, 진심, 비밀……
더는 믿지 않는 단어들을 쌓아놓고

생각한다, 이 미로를 빠져나가는 방법을

나는 아흔아홉 마리 양과 한 마리 늑대로부터 시작되었고
그 이유를 아는 이는 아무도 없다

매일 한 마리씩, 양은 늑대로 변한다
내가 아흔여덟 마리 양과 두 마리 늑대였던 날
뜻밖의 출구를 발견했다
그곳은 누가 봐도 명백한 출구였기 때문에
나가는 순간 다시 안이 되었고

화살표가 가리키는 곳을 더는 믿지 않기로 했다
미로는 헤맬 줄 아는 마음에게만 열리는 시간이다

다 알 것 같은 순간의 나를 경계하는 일
하루하루 늑대로 변해가는 양을

불운의 징조라고 여기는 건
너무 쉬운 일

만년설을 녹이기 위해 필요한 건 온기가 아니라 추위 아닐까
안에서부터 스스로 더 얼어붙지 않으면

불 꺼진 창이 어두울 거라는 생각은 밖의 오해일 것이다
이제 내겐 아흔아홉 마리 늑대와 한 마리 양이 남아 있지만
한 마리 양은 백 마리 늑대가 되려 하지 않는다

내 삶을 영원한 미스터리로 만들려고
한 마리 양은 언제고 늑대의 맞은편에 있다

스페어

진짜라는 말이 나를 망가뜨리는 것 같아
단 하나의 무언가를 갈망하는 태도 같은 것

다른 세계로 향하는 계단 같은 건 없다
식탁 위에는 싹이 난 감자 한 봉지가 놓여 있을 뿐

저 감자는 정확함에 대해 말하고 있다
엄밀히 말하면 싹이 아니라 독이지만
저것도 성장은 성장이라고,

초록 앞에선 겸허히 두 손을 모으게 된다
먹구름으로 가득한 하늘을 바라본다

하지만 싹은 쉽게 도려내지는 것
먹구름이 지나간 뒤에도 여전히 흐린 것은 흐리고

도려낸 자리엔 새살이 돋는 것이 아니라
도려낸 모양 그대로의 감자가 남는다

아직일 수도 결국일 수도 있다
숨겨놓은 조커일 수도
이미 잊혀진 카드일 수도 있다

나를 도려내고 남은 나로
오늘을 살아간다

여전히 내 안에 앉아 차례를 기다리는 내가
나머지의 나머지로서의 내가

표적

얼음은 녹기 위해 태어났다는 문장을 무심히 뱉었다
녹기 위해 태어났다니,
어떻게 그런 말을 할 수 있었을까

녹고 있는 얼음 앞에서
또박또박 섬뜩함을 말했다는 것
굳기 위해 태어난 밀랍초와
구겨지기 위해 태어난 은박지에 대해서도

그러려고 태어난 영혼은 없다
그러려니 하는 마음에 밟혀 죽은
흰 쥐가 불쑥 튀어나올 때가 있다

흰 쥐, 한 마리 흰 쥐의 가여움
흰 쥐, 열 마리 흰 쥐의 징그러움
흰 쥐, 수백 마리 흰 쥐의 당연함

질문도 없이 마땅해진다
흰 쥐가 산처럼 쌓여 있는 방에서

밥도 먹고 잠도 잘 수 있게 된다

없다고 생각하면 없는 거라고
어른이 된다는 건 폭격 속에서도
꿋꿋이 식탁을 차릴 줄 아는 것이라고

무엇이 만든 흰 쥐인 줄도 모르고
다짐하고 안도하는 뒤통수에게

넌 죽기 위해 태어났어,
쓰러뜨리기 위해 태어난 공이 날아온다
당연한 말이니까 아파할 수 없어,
불길해지기 위해 태어난 까마귀들이
전신주인 줄 알고 어깨 위에 줄지어 앉기 시작한다

터트리기

일제히 던진다. 야구공, 돌, 신발, 못…… 온갖 것들이 사방에서 날아든다.

오직 던질 것.
그것이 이곳의 룰.

시작되었으므로 질문은 허락되지 않는다. 유리병, 화분, 흰 벽을 쓰다듬던 장갑에서부터 먹다 만 사과에 이르기까지. 이글거리는 태양 아래에서 그들은 던진다. 지치지 않고 던진다.

우리는 파괴를 위해 태어난 사람들이에요. 가혹하다고 생각할수록 영혼만 병들 뿐이죠.

하나의 기억을 지우기 위해 우리가 하는 일들. 수십 명으로 쪼개진 내가 한바탕 난장을 벌이고 있다.

꿈에서 깨어나도 여름. 깊은 물속에 나를 두고 와도 여름. 잠시만 딴생각에 잠겨도 모래벌판에 도착해 있고 던져야만 하는 사람들이 보인다. 모두의 손이 불에 탄 것처럼 새카매져 있다.

나는 그들을 항아리에 쓸어 담는 상상을 했다. 봉인이라는 단어를 적는 것만으로도 그들은 손쉽게 사라지지만

오직 견딜 것.
그것이 이곳의 룰.

실온에 두면 금세 썩는다고 했다. 알면서도 그대로 두었다. 여름이 상하게 한 것이 나만은 아니라는 확신이 필요해서.

엎힌

산책 가기 싫어서 죽은 척하는 강아지를 봤어

애벌레처럼 둥글게 몸을 말고
나는 돌이다, 나는 돌이다 중얼거리는 하루

이대로 입이 지워져버렸으면, 싶다가도
무당벌레의 무늬는 탐이 나서
공중을 떠도는 먼지들의 저공비행을
유심히 바라보게 되는 하루

생각으로 짓는 죄가 사람을 어디까지 망가뜨릴 수 있을까
이해받고 용서받기 위해
인간이 저지를 수 있는 최대치란 무엇일까

화면 속 강아지는 여전히 죽은 척을 하고 있다
꼬리를 툭 건드려도 미동이 없다

미동, 그러니까 미동
불을 켜지 않은 식탁에서 밥을 물에 말아 먹는 일

이 나뭇잎에서 저 나뭇잎으로 옮겨 가는 애벌레처럼
그저 하루를 갉아먹는 것이 최선인

살아 있음,
나는 최선을 다해 산 척을 하고 있는 것 같다
실패하지 않은 내가 남아 있다고 믿는 것 같다

애벌레는 무사히 무당벌레가 될 수 있을까
무당벌레는 자신의 무늬를 이해하고 용서할 수 있을까

예쁜 것들을 곁에 두면 예뻐질 줄 알고
책장 위에 차곡차곡 모아온 것들

나무를 깎아 만든 부엉이, 퀼트로 된 새 인형, 엽서 속 검은 고양
이, 한 쌍의 천사 조각상들이
일제히 나를 쳐다보는 순간이 있다
나는 자주 그게 끔찍해 보인다

태풍의 눈

너는 생각이 너무 많아
태풍의 이름은 별 이유 없이 지어지기도 한단다

그런 말들이 내게 가라앉은 날엔
엉터리 지도 제작자의 마음을 생각해보곤 한다

존재하는 모든 길을 정확하게 옮겨야 할 의무가 있는 사람
하지만 아무도 모를 골목만 제멋대로 그리는 사람

골목, 그 골목을 찾아가면
영원히 손을 흔드는 아이가 있다
피부가 벌게지도록 몸을 계속 긁어대는 사람도
자신이 쓴 책 속으로 걸어 들어가겠다고 안간힘을 쓰는 사람도
있다

슬픈 건지 무서운 건지 알 수 없어
자꾸만 들여다보게 되는 얼굴들

그가 그린 지도는 엉망이다

어디로 가든 막다른 길
침묵도 흙처럼 쌓여 있다

그래도 나는 그런 지도가 좋다

무엇이 밀려올지 모르는 채로
무엇을 쓸어가버릴지 모르는 채로
고요에 잠겨 있을 때마다

평생 한 가지 동작만 반복하며 늙어야 한다면
어떤 동작이 좋겠느냐고 넌지시 물어주는 것 같다

언젠가 무심히 정지 버튼이 눌리는 순간이 오겠지
그 순간이 나의 자세, 나의 영원이겠지

내가 나라는 사실을 믿을 수 없어서
창밖으로 얼굴을 내밀고 두리번거리는 두더지처럼

양안다

나의 작은 폐쇄 병동 외

1992년 충남 천안 출생.
2014년『현대문학』등단.
시집『작은 미래의 책』『백야의 소문으로 영원히』.
동인 시집『한 줄도 너를 잊지 못했다』.
창작 동인 '뿔'로 활동 중.

나의 작은 폐쇄 병동

첫 감기에 시달리는 아이가 이마를 짚어보듯 너는 나를 쓰다듬지 초점 풀린 눈을 감겨주려고

길지 않은 휴일 동안 너는 네가 그린 그림에 섞이기 위해 영혼을 기울였고 종종 길고양이가 울었어 나는 웅크린 채로 금단의 터널 한가운데에 있었지 달이 뜬다

수많은 사람들의 목소리가 귓가를 적시고 사라졌지만 나는 너의 메마른 입술만 바라봤어 무언가를 먹고 마시고 숨을 내쉬는 모습이 너무 고요했고

청력이 쏟아지는 밤, 우리의 내부보다 컴컴한 겨울비가 내리기 시작했지 나의 편지와 너의 그림 속에서 죽어가는 인물들이 불협화음으로 비명을 지르는데 우리가 할 수 있는 일은 그저 눈물을 참는 일이라서

주먹을 움켜쥐고

새벽마다 너는 목도리로 얼굴을 뒤덮고 산책을 나섰어 상자에

작은 새를 담아두는 마음으로 너를 이끌었어 너에게 말하지 않았어, "우리는 어디로 가야 할까?"

회복자들은 거리를 헤매고 있었지

*

때때로 아침이면
창가로 날아온 새들이 지저귀고
잠든 너에게로 햇빛이 쏟아진다
나는 이 느낌을 사랑해

지난밤이 벗어두고 간 허물을 정리하는 일
탄산 빠진 병을 잠그고
우리 중 누군가가 흘렸을 술을 닦는다
샌드위치 봉지에선 악취

잠든 너의 곁을 지날 때는 까치발로,
네가 졸린 눈을 비비며 몇 시냐고 물으면

조금 더 자요 조금만 더,
너에게 필요한 잠을 부르고

젖은 수건에서 개 냄새가 난다
향초에 불을 붙이고
담배를 문다
너의 가슴은 고요하게 떠올랐다가
가라앉는다

필터가 축축히 젖을 때까지

너의 얼굴 위로 햇빛이 떨어지는 장면

누가 오전의 귀를 잡아당긴 듯이
느린 속도로
점점 느리게
나를 관통한다

*

그러나 견딜 수 없었다고 뒤늦게 고백하는 밤이면 꿈에서 모진 돌만 골라 주머니에 넣은 채 강가로 뛰어드는 이를 바라보았습니다 미열 속에서 나는 나 자신을 납득시키기 위해 얼마나 많은 현기증을 지문 속에 가두고 있었던 걸까요

창문을 열어줘, 우리에게 소량의 바람이 필요한 것처럼 양들은 자신의 이름을 외우려 애쓰고 있습니다 사소하고 허무하고 시시한 농담으로 세상을 웃길 수 있다면 사람들은 모두 목을 매어도 좋겠지요 한겨울에도 비가 쏟아집니다 우리가 흘린 술은 증발되어 어디로 가는 거죠?

눈을 떠, 오래전 누군가의 목소리가 되감길 때
눈을 떠, 내가 너를 바라보려 애쓸 때

모든 계절을 반으로 나누어 우리가 여덟 개의 계절을 갖는다면

이불로 감싸도 나는 내 몸을 쪼갤 듯 주체할 수 없었지만

네가 두 눈을 뜨자
두 개의 달이 뜬다

*

네게 원했던 건 투명하고 둥근 병과 알약들을 나의 손안에 안겨
주는 것 나는 모든 것이 타버린 숲의 잔재 속에 있어 열이 오르는
데 온 세상이 정지한 듯 얼어붙고 있어

피가 나도록 손등을 물어뜯었지 이 밤 어디선가 새 울음이 들리
지만 너는 꿈속에서 들려오는 선율이라 단정하고

오래된 꿈속에 두고 온 작고 작은 생물이 문득 떠올라버려서

질끈 눈을 감았다 어둠 속에서 현기증이 흩날리고

네가 침 범벅이 된 얼굴로 내게 불가해한 감정을 요구할 때

수백 그루의 벚나무

눈송이처럼 조각난 칼날을 떠올렸어 예쁜 피, 예쁜 마음, 중얼거
렸지

두 명의 사람이 마주 보면 두 개의 꿈

우리는 현상할 수도 없이 낡고 손상된 필름, 네가 이 말을 들으면 내 정강이를 걷어차겠지 나는 기울어지고 있다 네가 멀리 차버린 마음에 휩쓸려서

너의 팔에 가득한 주사 자국, 나는 너의 멍한 표정을 따라 지으며 걸었어 알콜스왑을 문지른 면도칼과 라이터를 쥐고, 나부터 할게, 유독 크게 느껴지는 심장 박동이 있고, 우리는 그만 나아가도 좋을 텐데, 우리는 머지않아 망가질 걸 알면서도 흐르는 피가 따뜻하고 아늑해서

영, 세상에는 받아들여야 하는 일들이 있어 소년 소녀가 커서 어른이 되고 그중 누군가는 어른이기를 거부한 채 세계를 낭비하며 영혼을 상하게 하겠지 우리는 자라서 우리가 되었다 밤이 자라서 새벽으로 죽어가는 동안

무성영화 속 여배우들은 어쩐지 애처로워 보여 나는 그것에 항상 분노했지만 남배우들은 그저 손가락 사이에 커다란 시가를 끼워 넣을 뿐이었다 기름기 가득한 입술을 열어 말하겠지, 당신은 나에게 사랑에 가까운 우정이었지만 그게 당신을 잊었다는 뜻은 아

니었다고

　지금 넌 어디서 누구의 피사체로 기록되고 있는 거지? 누가 너의 마음을 편집하고 해체하고 있는 거야? 젖은 먼지를 뒤집어쓰고 나는 울었다 손바닥을 가득 채우는 알약들과 주삿바늘이 너를 어지럽히고, 혼란스러워, 살점이 떨어지듯 어느 순간 너에게서 분리된 기분, 밤이면 해독 불가능한 목소리가 들려왔지 보고 싶다, 영

　영혼은 서로에게 구속되지 않는다
　영혼은 각자에게 분리되지 않는다
　영혼은 어디로도 사라지지 않는다, 우리의 삼계명

　졸다 깨어나면 스크린에선
　배우들이 비웃고 있었지 나와 두 눈을 마주친 채로

　……그러나 이것은 미래 인류의 자화상
　나에게 주어진 건 한 뼘의 거울과 얼굴이 전부였지만 그것은 어디를 둘러봐도 나를 대면해야 한다는 뜻이었다

기억하고 싶지 않은 과거, 선생이 인사 없이 떠난 이후로 나는 누군가를 떠나보낼 때마다 손을 흔들어 보이는 것이 전부였다 접붙인 나무가 기형적으로 자라고 자라면 기형적인 나무가 죽어가고

누가 유리병을 놓친 걸까 사방으로 액체가 번져가는 건 새장을 열어놓는 것과 같다고 했다 동정하지 마, 나는 과거의 나에게 구속되지 않고 분리되지 않는다 과거의 내가 사라지지 않는데

어느 겨울, 라디에이터가 진동하는 소리만 맴도는 교실에서 나는 학교가 밝아지는 장면을 보고 있었다 교실의 따뜻한 공기로 나는 자꾸 잠에 빠지려 했다 창가의 커튼이 바람에 흔들렸고
저 멀리서 걸어오는 친구를 보았어
친구는 두리번거리며 운동장을 걷다가
화원에 묻었다 가방에서 꺼낸 죽은 토끼를
그건 나의 토끼였지 그에게 말하지 않았다

언젠가 아무렇게나 그어대고 알코올 냄새를 맡고 있는데 영의 편지를 받았다 '난 도시 외곽에서 죽은 소년을 봤어. 그렇다고 눈알을 뽑진 않았어.' 나는 라이터의 부싯돌을 헛돌리며 내 안에서

빠져나가는 것을 느끼는 데에 전념하고 있었다 '가끔 네가 뭐 하고 사는지 궁금할 때가 있어. 사실 네가 나와 닮았으면 했어.'

어느 날 네가 나에게 꿈이라는 걸 물었을 때
나는 잠과 미래를 동시에 떠올렸다
깊은 잠에 빠진 미래와
미래의 잠 중 오래 고민했다
그런데

영, 네가 이 편지를 읽으면 나를 걷어찰지도 모르지만

'매일 취한 채로 침대에 누워 천장을 보며 생각했어. 끝도 없이 이어지는 몽상과 무기력이 나를 짓눌러. 잠들기 전까지 쏟아지는 폭우. 가끔은 폭설.
　고백할게. 나 끊임없이 영상이 보여.
　하고 싶은 말을 할래. 그들과는 다른 사람이 되겠다고. 하고 싶은 말을 하지 못하게 하는 사람들의 눈치를 죽이겠다고.
　내일은 조금 더 솔직한 나를 보았으면 했지. 내일은 조금 더 잘 웃는 나를 보았으면 했지. 날 사랑해주는 사람 하나 없이 여기까지

왔는데. 그런데 이제 곧 사라질 듯해. 아마도 머나먼 예감.

고마워. 내 손을 붙잡아주는 사람들에게 존경과 평화를, 친구들에게는 사랑을. 그러나

너의 사랑을 사랑할 수 없었어. 이제 그만 영상을 꺼줘.

모두 무대에서 퇴장해줘.'

……그리고 이것은 미래 우리의 자화상

우리가 같은 꿈을 꾸고 일어날 때면 너는 내게서 너의 마음을 찾으려 했다 기억나? 나는 혼란스러워 했잖아 너의 손목에는 현상할 수도 없이 낡고 손상된 필름, 마른 핏자국, 젖은 영혼을 뒤집어쓰고 너는 울었어?

영, 나는 그래 너의 영혼은 나를 위해, 그리고 나의 영혼은 너를 위해 낭비되어도 좋았을 거라고, 우리가 서로에게서 각자의 얼굴을 발견했다고 착각하는 일과 착각을 믿음으로 변주하기 위해 애쓰는 일, 그리고 구속되지 않고 분리되지 않으면서도 사라지지 않는 어떤 것

네가 나에게 꿈이란 걸 물었을 때 네가 떠올린 꿈은 무엇이었을지 생각하곤 해

고백할게 손목 위 필름을 바라보면 우리를 낭비하던 우리가 보
여
너는 풀린 눈으로 웃고 있다

꿈속에서 건축된 미래가 현실의 세계에서 무너진다
죽은 토끼가 품 안에서 나를 노려보는 동안

끝내 잠에 들면 스크린에선
배우들이 퇴장하고 있었지 나에게서 모두 등 돌린 채로

유리 새

창문과 함께

슬픔이 엎어지는 장면을 어떻게 그려야 할까 죽은 듯이 누워 있
는 사람에 대해 이야기할까 행인의 발에 치이는 돌멩이에 대해 이
야기하면 좋을까 죽은 연인을 그리워하다 폐인이 되어버린 이는
어떨까

모든 마음은 외부에서 시작되잖아요
당신도 누군가를 보고 연민을 느끼며 슬퍼 우는 날이 있었잖아
요

나는 한 사람에 대해 이야기하겠습니다

*

밤이 모든 새를 감추어놓아서 나는 이 어둠이 어느 커다란 새의
입속이 아닐까 생각했다

도시의 옥상은 사람을 비참하게 만들어

저 멀리 고층 건물들이 있고 네온사인이 번쩍이고 늦은 시간에도 도로가 가득 차 있잖아 이 풍경이 자꾸 나를 작아지게 만들어서

사람이 홀로 죽을 때 곁에는 창문이 함께한다는 이야기

도무지 세상의 일이라는 게 무엇인지 알 수 없어서
오늘도 노트를 펼치고 일기를 적는 것입니다

모월 모일 모시. 날씨 맑고 추운.
오늘 외출을 했다. 오늘 네 시간을 걸었다. 오늘 바람이 많이 불어서 목도리를 샀다. 내가 좋아하는 아주 긴 목도리를. 오늘 졸리지 않았다. 오늘 굶으려 했는데 밥을 씹어 삼켰다. 오늘 세탁기를 돌렸다. 오늘 창밖이 고요해서 빨래 마르는 소리를 들었다. 오늘 읽지도 않을 책을 사 책장에 꽂았다. 오늘 늦게 자야 하는데 전구 사는 걸 깜빡했다.

아니 그런 일은 생기지 않아
그건 나의 일이 아니다
창문은 창문의 하루를 상영하는데

기하학적으로 번지는 입김

혓바닥에는 감기약 냄새

*

유리 조각으로 팔뚝을 긋던 남자가 말한다, 멈추지 않는 것이 우리의 유일한 속도입니다

*

어제는 종일 공포영화를 연달아 보았어 친구들이 자꾸 사라지거나 죽거나 그러더라 하지 말라는 짓을 꼭 하는 사람이 있더라 사람을 잘 죽이는 방법에 대해 골몰하다가 사람을 기분 좋게 죽이는 방법에 대해 골몰했어 창밖에서 비명이 들리는데 아무도 창밖을 내다보지 않더라 나 혼자 창 앞을 서성이며 비명의 근원지를 찾고 있더라 혹시 나에게만 들리는 비명이지 않았을까? 모르는 사이에 누군가가 내 목에 기름칠을 하고 불을 붙였던 게 아닐까? 형광등이 터지기 직전처럼 점멸하고 있어 너는 어떻게 생각해? 소음과

비명을 도대체 무슨 수로 구분해야 하는 걸까

*

창밖에서

오늘 아침에도 몇 마리의 새가 울었다 너는 지저귄다고 말하지
만

맞아요 나는 두 사람에 대해 이야기해버리고 말았습니다

오늘 뉴스 봤어? 너보다 먼저 세상이 망가졌대 네가 그럴 수 있
다면 함께 문밖을 나가보는 것도 좋을 거야 네가 시체를 흉내 내는
동안 발생했던 모든 세상의 일을 너에게 들려줄 거야

나의 마음이 너에게서 시작하듯이

창문 안에서

죽는 걸 멈추지 않는 연인이 있다면

소음을 내쉬면서
신음을 참아내면서

정말?
모든 건물 위로 새들이 쏟아지고 있다고?
네가 물을 때

기하학적으로 번지는 감기약 냄새

나는 대답 대신 손가락을 들어
창가를 가리켰다

그곳에 커튼이 있었다

손에 쥔 것이 비명이라면

언제 끝나는 걸까
사방이 고요해졌어
한낮에는 숨어 지내다
밤이 되면 움직이는 사람들
모두 기다리고 있어
끝이 나기를

사람들은 무너진 잔해를 건드리지 않는다
그 밑에는 누군가의 연인이
누군가의 부모
누군가의 자식
그리고
누군가가

어느 노인이 우는 아이를 달랜다 "얘야, 언젠가 그런 나날도 있
었지. 울고 웃고, 그런 게 중요하다는 듯이 사람들은 끊임없이 표
정과 음성을 토해냈고, 그건 정말이지 토해냈다고 표현할 수밖에
없을 정도로 소음에 가까웠단다. 그때 우리는 불필요할 정도로 많
은 걸 봐야 했고, 알아야 했고, 또 들어야 했지. 지금은 이토록 고요

하기만 하구나. 내가 바라던 세계인데 네가 슬퍼하고 나의 사람들
이 슬퍼하고 그래서 나는 슬퍼졌지."

*

아직은 때가 아니라고 생각했는데

이봐, 큰일이 생겼어
결과에 대한 이유가 있고
이유에 대한 이유와 그 이유에 대한 이유와
이유 밑에 잠식하는 수많은 이유들이
숨 막히고

눈 뜬 시체처럼 걷자
나의 신과 절반쯤 닮은 기분으로
네가 종교를 갖는다면

왜 나만 이런 거 같지
다들 어떻게 잘 숨기며 사는 거지

날 대신해서 유서를 적어줘

오직 자신이 만든 규칙만이 자신을 대표할 수 있습니다
규칙은 중요합니다 아침마다 약을 복용할 것, 암막 커튼을 걷지
않을 것, 과거의 기억으로 나를 괴롭힐 것, 재앙과 마주할 때에도
그럴 수 있는 일이라 여길 것, 사람들을 만나기 전에는 빠른 템포
의 음악을 들을 것, 사람들 앞에서 웃을 것, 나를 단정하게 하는 물
품은 왼쪽 주머니에, 나를 망치는 물품은 오른쪽, 분노를 삼킬 것,
집으로 돌아와 미치지 않을 것, 미치지 않을 것, 미치지 않을 것
이 모든 걸 잘 지키며 살아갈 것

열어둔 창문으로 거리의 소음이 멈추지 않는다

날 대신해서 유서를 읽어줘

체한 거 같아
어제 삼킨 그것이,
그렇게 해선 안 되었는데
잔뜩 삼킨 그것 때문에

명치끝이 저릴 때

언제 끝나는 걸까
사방이 고요해졌어
커튼을 걷어줘
하늘을 확인해야겠어

*

그때를 누가 기억하고 있을까 누군가는
기억하고 있을까 단이 엘리에게 첫 꽃다발을 건넨 날이었고
어떤 기념일도 아니라는 사실이 엘리를 더욱 기쁘게 만들었다
주말이면 그들은 함께 공원을 걷고
단은 기타를, 엘리는 알 수 없는 이국의 노래를 부르기도 했다
누군가는 엉성한 발음을 듣곤 눈길조차 주지 않았으나
누군가는 기타 치는 모습을 보며
애인의 갈비뼈를 매만지던 때나
죽은 반려동물을 묻어주던 때를 떠올리고는
슬픔에 잠기기도 했다

귀가 아프다고,
누군가는 중얼거렸겠지만

—우리도 개를 키워볼까.
—언제?
—조만간.
—일주일 뒤쯤?
—내일. 아니면 지금 당장이라도.
—그 개는 무슨 죄야. 결국 우리처럼 떠돌이 신세를 면치 못할
텐데.

음악이 끝나면 사람들은 단과 엘리의 곁을 떠나고
둘은 공원 구석 벤치에 앉아
종이컵을 채우고
비우고
속을 게워내는 서로의 모습을
라이카로 찍으며
웃었다
가로등이 핀 조명이라도 된다는 듯이

빛 아래에서 춤을 추며
새로운 공연을 시작하고
웃고 다시 웃고
또 웃으며

한 사람의 모든 걸 이해했다 생각하는 일
잠든 이가 뒤척일 때 잠에서 깨지 않도록 자세를 맞춰주며
팔을 내어주는 일
더는 익숙해진다는 것이 상상되지 않을 정도로
한 사람에게 익숙해지는 일
가끔은 서로에게서 자신의 모습을 바라보는 일
엘리는 그 모든 게 가능하다는 듯이
웃는다

그러나 누군가가 그들의 유서를 대신 적는다면
누가 그 유서를 소유해야 하는 걸까

*

아직은 때가 아니라고 생각했다

드디어 그녀가 손목을 그었어, 그런 연락을 받았을 때 나는 나의 친구들과 골목에서 종이 뭉치를 들고 서성이던 중이었다 폭설이 내리던 날이었고, 길바닥에는 가로등에 비친 눈 그림자가 우리를 뒤덮고 있었다 나는 유서를 읽던 친구들을 바라보았다. 그녀가 손 목에서 피를 흘리고 있대 친구들은 되물었다, 그녀가 손목을 흘리 고 있다고? 나는 대답도 하지 않고 집으로 달려가 그녀에게 나의 애정을 보여주려 했다

사방이 고요해졌는데
언제 끝나는 걸까
모두 기다리고 있어
끝이 시작되기를

공연을 보는 사람들은 소리 내지 않는다
무대 위의 무용수는 누군가의 연인

누군가의 부모
누군가의 자식
그리고

한 자세를 오래 유지한다는 건 하나의 생각을 반복한다는 것
조명이 어지럽게 휘날리고

무용수는 춤을 멈추지 않는데

일어날 수 있는 일이다 일어나도 이상하지 않은 일이다…… 나
는 중얼거렸다

이 고요 속에서 비명을 지르고 싶었지만

혼자 우는 숲

1

　그와 나는 몸속 장기들을 쏟아낼 것처럼 마시고 토하기를 반복했지만 물론 그런 일은 일어나지 않는다 우리의 새벽은 그렇게 시작된다

　한쪽 벽에 거꾸로 매달아놓은 꽃다발에서 마른 꽃잎이 떨어진다 나는 그의 손등으로 솟은 혈관을 더듬거린다

　소독약 냄새가 나자 손목에 차가운 솜이 닿는다 손목이 젖는다 식은땀이 이마 위로 미끄러진다

　친근함 속에서 음악은 무서워진다 스피커에서 시티팝이 흘러나오면 여름의 빛과 잘 마른 빨래에서 맡는 냄새, 건조한 오후에 돋는 소름처럼, 누구도 미워하지 않는 마음으로

　그의 표정은 그의 머릿속만큼이나 뒤죽박죽이었는데, 그 표정을 가만히 들여다보고 있자면 그가 약에 취한 건지 꿈에 취한 건지, 혹은 그저 취한 것일 수도 있겠다는 생각을 하게 만들었다 주사를

놓기에 알맞은 혈관을 가진 사람은 그만큼 아파야 하는 걸까 그는 대답하지 않는다 구겨놓은 편지지가 펴지는 소리를 들은 것만 같았다

이 새벽에는 빛이 쏟아지지 않는다 사람들이 어둠에 대해 쏟아진다고 표현하지 않는 이유를 알 수 없었다

모니터에서 흘러나오는 미광으로
서로의 얼굴을 확인하기에 좋았다 절반만 드러난 그의 팔목

감당할 수 없는 일교차 속에서 침묵이 계속되면

나무가 흔들리는 환각을 보았다 나뭇잎이 부서지는 장면과 나무가 엎어지기 위해 끝없이 기울어지고 기울어지며 눈앞에서 파도치는 장면
적다 만 편지 속 문장들을 이어 붙여 누구에게든 읽어주고 싶었다

꽃말은 왜 사랑과 연관되어 있는 걸까

2

어떤 신학자는 인간에 대해 다음과 같이 말했다

"폭탄 테러로 세상을 떠난 어린 양을 위해 기도를 했습니다." 그러나 그가 직접 어린 양들을 대면했을 땐 이미 내장이며 팔다리며 떨어진 상태였고 끝내 형체를 알아볼 수 없는 살점들을 만지며 손을 붉게 물들이는 동안 이런 잡념에 빠졌다는 것이었다, 인간은 피와 살덩이가 담긴 비닐봉지 같구나……

부르튼 입술과 가는 손목, 그것은 우리의 일부이면서 우리의 전체를 대표했다 우퍼가 터질 듯이 볼륨을 높인 채로

때가 되면
그는 나의 팔을 쓸어내린다
손가락으로 주삿바늘을 툭툭 치며 물기를 털어낸다
팔을 묶는다
솜을 문지른다
꽂고
투약한다

이 일련의 행동은 침묵 속에서 너무나 세련되어 보여서
나는 발레를 떠올리지 않을 수가 없었지만

음악을 정지하면 백색 소음이 흘러나온다

하나의 허수아비
중저음의 비명
끝없는 플래시
비정상적인 속도의 파도
붉은 등대를 향해 걷는 사람
발밑으로 지나는 물고기 떼
바다의 일부분, 혹은 파도의 전체
셀 수 없는 기포
일그러지는 새벽
개를 뒤집어쓰고 웃는 남자
온몸의 뼈가 녹는 시간

멋진 시체가 되기로 하자
죽기 직전에 두 눈을 부릅뜨기로 하자

관처럼 똑바로 누운 채로
하늘을 볼 수 있는 시체가 되자
떠나고 만나고
사람들의 발걸음을 보는 건 슬프니까
우리는 죽은 채로 노래를 부르지

피가 아닌 어떤 액체가 내 안으로 흘러 들어올 때
피가 아닌 어떤 액체가 내 안에서 빠져나갈 때, 두 눈에서
눈물이 이제 막 넘치려는 그 순간에

3

믿고 싶지 않을 만큼 이상한 일이야 죽고 나면 인형 버리듯 사랑
하는 사람을 묻을 수 있다는 게, 컴퓨터의 전원이 꺼지듯 내가 생
각을 멈출 수 있다는 게…… 이상한 일이야 나는 지금 분명한 슬픔
을 느끼는데 이게 호르몬 때문이면 마음이란 게 다 무슨 소용일까
너무 이상하고 너무 아픈 일이야

숲이 흔들린다

숲이 흔들려
창문이 열려 있어? 너무 추워
나는 이빨을 딱딱 부딪쳤다
아파
온 나무가 요동치고 있어
네가 아무 말도 하지 않는 게 너무 슬프고 추워

—이건 백일홍이 아니라 안개꽃이야.
—아직도 너는 나의 이름을 헷갈려 하는데. 꽃 이름을 외우는
게 중요해?

나는 너의 웃을 수 없는 농담이 좋다 그건 지금의 네가 모든 걸
견딜 수 있다는 뜻이니까
계속해서 듣고 싶었다
너의 꿈같은 농담을

Behind The Scene

밤이 지나간다. 두 발이 잘린 채로. 이것으로 누군가가 살의를 감추었다면.

폭죽에 불을 붙인 이유를 여름에서 찾을 때.

우리는 공터에 서 있었다. 귀에서 흐르는 피를 문지르며. 이걸로 끝이 났구나. 남은 손으로 각목을 움켜쥐고.

자신을 소년이라 부르는 소년은 없었다. 무슨 생각해. 무슨 생각하냐고. 숨을 참고 부푸는 표정을 바라본다.

등 뒤로 감춘 너의 손은 무엇을 쥐고 있을까.

오늘도 사냥에 실패한 짐승은 절뚝거린다. 밤이 지나간다. 네발이 잘린 채로.

누군가는 이 어둠으로 슬픔을 감추지 못했다면. 나는 표정을 지우려 애쓰고 있었다.

무대를 향해 박수가 쏟아질 때.

iloveyouthatstheproblem

유리로 만든 정원에서

발밑으로 물고기가 떼로 지나간다 구름의 개수를 세어가며

사방으로 조각나는 빛, 너는 정원 바닥 밑에서 흐르는 물결을 바라보고

이곳은 모든 것이 조각날 것 같아서

흙 대신 유리 바닥으로,

꽃 대신 유리 장미가,

새 대신 유리 새의 조각상…… 마음을 가진 건 우리뿐이라고, 너는 그게 다행이라는 듯이 웃는데

정원 바깥에는 출입 금지의 숲, 그곳에 들어섰던 사람들은 모두 미쳤거나 죽었다고 했다 일화에 따르면 내면에 존재하는 최대치의 공포를 마주할 수 있대, 너는 담장 너머로 그곳을 들여다본다

유리 꽃을 꺾고, 조각을 밟으면 과거에 쏟아졌던 비명이 들린다 나는 눈을 감았어 이 정원이 징조도 없이 무너져 내리는 악몽을 상영했지 울다가 죽은 사람은 슬픔에 젖은 영혼이 된대 듣고 있어? 너는 어느 짐승을 본떠 만든 조각상 앞에서, 얘가 울고 있어, 말한다

언젠가 너는 내 곁을 떠나겠다고 했다 그건 너의 마음을 이해해 달라는 뜻 그러나 나는 모르겠어 눈을 뜨고 빛을 확인하는 게 아니라 그 반대여야 하는 이유를, 잠들기 전까지 하늘이 얼마나 어두워질 수 있는지 가늠해야 하는 이유를…… 네가 너의 마음을 말해주지 않으면 나는 모른다 비극은 미래를 앞질러 우리 앞에 당도하고

저 조각상과 우리는 무엇이 다른 걸까 울지 못하는 유리 새와 울음을 참는 내가 무엇이 다르냐고…… 그런 생각에 빠질 때마다 나는 엎드려 누운 채로 정원의 바닥을 바라본다 물결 위로 입김이 피었다가 진다 물고기들이 꽃잎을 갉아 먹는다

너는 숲이 보여주는 공포에 대해 몇 가지 추측을 내놓았다 마음이 죽는 것, 모든 과거를 잊게 되는 것, 자신을 잃어버리는 일, 아이와 악마를 동일시하는 것, 사라지는 미래, 열리지 않는 문, 끝없는 발작, 입술이 풀어놓는 신음, 눈꺼풀은 경련한다, 눈꺼풀은 경련하고, 손발이 떨리면, 새로운 슬픔이 우리의 슬픔을 밀어낼 때, 그리고, 그리고……

그렇게

시간이 영원에 가까워질 때…… 나는 숲에서 무엇을 마주하게 될지 상상하다가 눈가를 훔치고, 너는 나의 머리를 쓰다듬고, 미안해 이러고 싶지 않았는데 정말 미안해, 나는 울음을 그치지 못했다 숲의 어느 나무에 목매달린 채 좌우로 흔들리는 네가 있을까봐

너의 영혼이

나보다 먼저 슬픔에 젖게 될까봐

이장욱

안나 나나코 외

1968년 서울 출생.
1994년 『현대문학』 등단.
시집 『내 잠 속의 모래산』 『정오의 희망곡』 『생년월일』
『영원이 아니라서 가능한』 『동물입니다 무엇일까요』.

안나 나나코

나는 조금씩 뼈에 가까워지는 것 같았다. 회사에서 버스 안에서
술자리에서
　겨우 이어진 채 무어라 말을 하는 것 같았다.
　그것을 창밖에서 바라보고 있었는데

　이어져 있는 것이 곧 진실인가?
　라고 나의 옛 친구 안나 나나코는 물었지만

　나는 오랫동안 기차였던 사람이기 때문에
　나는 오랫동안 복도였던 사람이기 때문에
　그렇게 물에 잠겨 있었다.

　한때는 정말 고고학을 하려고 했어.
　뼈에 가까운 것은 밤처럼 감추어진 것이라서
　나의 옛 친구 안나 나나코처럼 어긋난 채로 이어진 것이라서

　기차 여행은 늘 혼자서 했다.
　아주 먼 것들의 가까운 곳에 도착하려고
　그렇게 가까운 곳에 도착해서 뭘 어떻게 하려는 것은 아니었는데

나는 잘 모르겠다는 표정을 지었다.
물의 뼈를 따라 심해로 내려갔을 뿐인데
물들은 물과 물의 관절들로 이어져 있는 것이 틀림없는데

밤이면 물의 바닥에 발을 대고 나는 산책을 했다.
비천한 왕의 표정으로
거만한 노예의 영혼으로

수평선은 그 모든 비유를 부정하는 무서운 사실과 같아······
라고 나의 옛 친구 안나 나나코는 말하지만

우리는 어두운 복도에 오래 앉아 있었을 뿐이잖아.
복도 끝에서 밀려오는 파도를 바라보며 천천히 일어섰을 뿐이
잖아.
세상의 모든 복도는 계단으로 이어져 있겠지만

고고학자란 먼 미래의 눈으로 모든 것을 바라보는 사람
수평선의 입장에서 바로 그것을 바라보는 사람

우리는 발굴된 뒤에
회사에서 버스 안에서 술자리에서
끝내 이어져 있었다.

닮은 사람들

브루노 간츠는 앤서니 홉킨스를 닮았는데 두 사람은 만난 적이 없었다.

이시바시 시즈카는 내가 알던 김효진을 닮았지만 김효진은 연극을 하기 위해 먼 곳으로 떠났다.

외국에 가면 나는 시부야의 술집에도 가고 울란바토르의 뒷골목에도 가고 페테르부르크의 헌책방에도 갔는데

그런 곳에 가면 꼭 내가 아는 사람을 만났지. 정확하게는 얼굴과 미소와 습관과 꿈속이 닮은 사람을

내 친구 신해욱을 길에서 마주쳤지만 그녀는 나를 아는 체도 하지 않았다.

옛 동료 강수영을 우연히 텔레비전에서 보았는데 그는 수영이답지 않게 호탕한 웃음을

나의 조카는 나의 아들을 닮았고 나는 아들이 없었다.

나는 출근을 하고 퇴근을 하고 혼자 술을 마시고 갑자기 자본주
의가 싫어졌을 뿐인데

신앙이 깊은 사람들은 결국 비슷한 표정을 짓게 되는 것이라고
생각하였다. 매일 기도를 하면서 닮아가는 것이라고

나는 종교도 없고 앤서니 흡킨스를 만난 적도 없고 도쿄의 밤하
늘은 항상 가장 짙은 블루였지만 이곳은 서울이어서

나의 삶을 살아갔다. 길에서 이장욱을 본 적이 없다는 게 유일한
위안이었는데

가족들은 오늘도 나를 닮은 누군가를 맞이하고 친구들은 나를
닮은 사람을 만나 반갑게 농담을

그 사람은 오늘 밤에도 혼자 술을 마시며 닮은 사람들에 대해 생
각했고 깊은 슬픔에 젖어들었다.

깊은 어둠 속에서 휴대전화 보기

깊은 어둠 속에는 무언가가 모자란다.
혹등고래 같은 것이
베네수엘라의 외로움 같은 것이

나도 모르게 세포 분열을 하거나
결승에서 해트 트릭을 기록하는 것이다.
그것이 침울한 영혼에 가깝다고

인생에 가장 가까운 어둠이란
엑스트라 배우가 카메라의 앵글을 벗어나 마침내
뒤를 돌아보는 순간
진단을 받고 치료를 포기하고 혼자
깨어나 천장을 바라보는 새벽

어둠이란 지도 위의 한 점이 아니다.
수평선이 아니다.
죽은 뒤도 아니다.
그것은 단지 사람이 사라진 세계에 가까운

여행자란 언제나 떠나가서 다시 오지 않을 사람이지만
누구나 먼 곳에 도착하면 시제가 없는 편지를 쓰는 것이다.
오늘도 나는 당신의 더 먼 곳에 도착하다……
같은 상투적인 문장으로

베네수엘라에 가보지 못했는데도
오늘의 어둠 속에는 여행자들이 떠돌고 있다.
혹등고래가 배를 보인 채 떠오르는 새벽에
외로운 심판이 종료 휘슬을 길게 울리는 그곳에서

나는 어둠을 끄고 더 깊은 어둠 속으로
미친 듯이 달려가다가 멈추어 서서 천천히 고개를 돌리는
후보 선수처럼

슈게이징 포에트리

신발 끝을 바라볼 때는 오후의 약속을 잡지 않는다.
신발 끝에 머물러서 내가 침울하다고 생각하지 않는다.
신발 끝과 이불 속이 동일하지 않다.

외출할 때마다 신발 사이즈가 바뀌어. 발자국의 모양이 달라지
네. 스니커즈에서 웨지 슈즈로 검은 구두를 거쳐 하이힐까지
　아주 좋구나.
　타닥타닥 저벅저벅
　아주 좋구나.

나는 공과금을 성실하게 납부하고 위장 전입을 하지 않고 부동
산 투기를 하지 않고

　살인도

꿈속의 발은 무엇을 신었나.
발소리는 시간의 효과인가 공간의 효과인가.
저벅저벅
나의 발은 어디로 갔나.

타닥타닥
이 피는 어디서부터

신발을 벗으면 슬픔이 느껴지지 않습니다.
신발을 벗으면 세계사가 보이지 않습니다.
해탈도 부활도 혁명도 저는
신발 끝에서 시작되었다고 생각합니다만

나는 모든 것을 신발 끝에서 잃어버렸다.
나의 무방비한 가족들, 낙관적인 거리의 사물들, 의아한 표정의
당신, 대리인들로 이루어진 정치 경제
속에서

아주 좋구나.
타닥타닥 저벅저벅
아주 좋구나.

그런데 이건 대체 누구의 발자국인가.
내 발은 어디에.

발자국에 고이는
이 피는 누구의

전 세계적인 음악의 아름다움

모든 책이 커튼이고 모든 커튼이 컴퓨터라면
책은 나부끼다가
나부끼다가
쓸쓸한 계산을 하겠지.

런던 교외의 아파트에서는 앙투안이 깨어났는데
그는 슬픈 음악에 쉽게 빠져들었네.
뉴올리언스의 장첸은 재즈바에서 흘러나오는 리듬을 느끼는 순간
이것이 위대한 20세기다!
라고 외치며 울음을 터뜨렸다.
그때 이태원의 명희는 캄캄한 침대를 타고 날아다녔어.
밤하늘을 헤맨 뒤에는 잠깐
모든 구름이 음악 같았네.

구름의 비유는 너무 쉬워서 무엇이든 만들 수 있지. 가령 토끼
모자 코뿔소 높은음자리표와 마침내
한반도의 지도까지

명희는 그런 기분을 유지하기 위해 노력했지만

아침에는 깨어나서
출근을 했지.

명희는 주사파가 아니지만
평양의 뒷골목을 혼자 돌아다니는 꿈을 꿉니다.
명희는 트로츠키주의자가 아니지만
전 세계의 음악은 이미 단결하고 있어요.
아주 오래전부터 그러했는데
이상도 하지, 꿈속의 평양은 왜 이렇게 친근하고 처음 보는가.
꿈속의 노래는 따라 부를 수 있는데 왜 처음 듣는가.

모든 책들은 나부끼고 쓸쓸한 계산을 하고 언제나
창밖을 읽고 있다.
그런 시간을 오래 흘려보낸 뒤에야 명희는
앙투안과 장첸을 만난다 이태원에서.

이태원에는 외국인이 많고 한국인도 많다네.
명희와 앙투안과 장첸은 우연히 같은 게스트하우스에 도착하고
같은 시간에 잠이 들고 드디어

음악을 들으며 깨어났다네.
창밖의 구름은 아무도 모르게
반음계 낮은 곳으로

그 순간 이어폰을 귀에 꽂고 평양의 뒷골목을 혼자 걸어가는 사람이 있다.
그 사람의 이름이 또 명희인데 명희는 문득
모든 책이 커튼이고
모든 커튼이 컴퓨터라면……
이라고 중얼거렸다.

앙투안과 장첸과 명희는 일제히 커튼을 열고 서울의 아침을 바라보았다. 앙투안과 장첸과 명희와 또 다른 명희는
음악의 아름다움에 대해서 인생의 아름다움에 대해서
골똘히 생각을 시작하였다.

소염제 구입

선생님, 대도시의 밤을 배회하는 산 죽음이 어떤 것인지 아십니까?
교차로를 만날 때마다 좌회전을 하는 것이다.
그레고리오 성가가 흐르는 이어폰을 귀에 끼우는 것이다.
불신자가 되는 것이다.
그렇다고 침을 아무 데나 퉤!
뱉는다고 생각하지는 말아주십시오.

선생님, 산 죽음이 배회하는 대도시의 밤을 이해할 수 있으십니까?
이해할 수 없다면 상상을 하지 말아라.
동정도 공감도 하지 말아라.
그것이 저의 호소입니다.

선생님, 하늘에는 신이 없고
마음에는 심해어가 산다.
거실에는 가족들이 텔레비전을 보고 있고
모두들 나른하게 웃음을 터뜨리는 저
불멸의 풍경

선생님, 어째서 제 피부에는 두드러기가 나고 영혼에는 종양이

생기고 구멍이라는 구멍에서는 모조리
　희귀한 식물이 자라는 것입니까?
　제가 드디어 어느 종착지에 닿겠습니까?
　교차로를 만날 때마다 좌측으로 돌면 반드시
　제자리로 돌아온다.
　그것이 불신자의 운명

　저기 약국이 보입니다.
　약국에는 선량한 선생님이 저를 기다리고 있습니다.
　세상의 모든 약국은 좌측 모퉁이에 있고
　너는 언제나 흰색 가운을 입고 있습니다.

　저에게 약을 주십시오, 선생님. 돈이라면 은행을 털어서라도 사
랑이라면 심장을 꺼내서라도 영혼이라면
　대뇌의 전두엽을 주겠다.
　선생님, 흰색 가운을 입은
　나의 선생님

기도의 탄생

거리를 걷는데 이 거리가 중세의 거리였다.
밤에는 아무도 찾아오지 않았는데 왜냐하면
내가 사는 곳에 적그리스도가 있다는 소문이 있어서

방과 바깥을 왕복하며 나는 살아왔을 뿐인데
잠들고 일을 하고 아이를 낳고 또
                                        저주를 하면서

외로울 때는 자꾸 누군가 생각이 났다.
그게 당신인가요. 당신인데 왜 이름이 떠오르지 않아요. 뭐라고
불러야 나는 당신에게
  기도를 할 수 있어요.
  당신은 질문인가 대답인가.

거울을 바라보면 검은 그림자가 나를 마주 보았다.
저것은 아무래도 악마인 것이 틀림없다고 생각했는데
이미 죽은 사람이 내 옆에 서서 거울을 보며 말해주었다.
                        저건 네가 죽인 천사의 얼굴이 아닌가.

나는 완전한 수긍을 했다.

내가 잠을 잤는데 그것이 신의 꿈이라면 좋을 것이다.

내가 잠든 채 무언가 말했는데 그것이 선악의 경계를 결정하면 좋을 것이다.

허공에 손을 휘저었으므로 세상의 종말이 온다면

새로운 생물이 탄생한다면

나는 몸이 아팠다. 옛날 노래를 들었다. 친구들이 보고 싶었다. 창밖에서 누가 회개하라고 외쳤다.

나는 일을 하고 월급을 받고 휴가도 가야 하는데

갑자기 등에 날개가 돋고 머리에 뿔이 나고 게다가 내 영혼에

지옥이라니

사랑이라니

같이 여행도 가고 같이 깨어나고도 싶어서

꿈속에서 당신의 이름을 불렀다

연인처럼 좋아하고 연인처럼 헤어지고 연인처럼 잊으려고

나는 아무래도 외롭지 않았다. 그것이 이상해서

이것이 저주입니까
이것이 부활입니까
중얼거렸다.

　　　　너의 말에는 참도 거짓도 없다. 그것이 마침내
　　　　무서운 기도에 가까운 것

최백규

천국을 잃다 외

1992년 대구 출생.
2014년 『문학사상』 등단.
동인 시집 『한 줄도 너를 잊지 못했다』.
창작 동인 '뿔'로 활동 중.

천국을 잃다

발을 구를게 지금이 마지막이야

스크래치다 처음 보는 뒷골목이다 이길 수 있어 우리는 재들이
랑 다르잖아 다 쓸어버리자 패배하고 깨진 이를 뱉으며 돌아설 때
까지

마지막 오디션에서 아무것도 못 하고 카메라만 봤다 저것 때문
에 평생을 망쳤구나

손바닥에 녹이 스미고 있다 해수면 위로 눈이 떨어진다

일을 마친 후 귀가하는 새벽녘마다 안전주의 표지판을 걷어차
며 다짐했다 실컷 굶어 쓰린 배를 움켜쥐고

수척한 등을 씻겨주다 보면 창밖을 바라볼 때가 많다 신도 무언
가 만들어놓고 당황했을 것이다

죽었다고 의사가 말해서 눈꺼풀을 쓸어내렸는데 자꾸 다시 벌
어졌다

초점 없이 노랗게 번지는 두 눈동자가 나를 쳐다보고 있었다
살가죽이 서늘해질 것이다
심장에 귀를 댔는데 뛰지 않는 사람은 처음이었다

뼛가루를 안은 채 생각했다 인생은 결국 서서히 죽음을 인정하
는 과정 같다 이제 매일 낯선 여진에 몸부림치다가 허물어지겠지
병든 복사꽃들

도축당한 짐승들은 어떻게 될까 인간이 그린 천국과 지옥에는
인간밖에 없어서

미결수들만 모아놓은 감옥 안에 부처가 머물러 있다 타워 크레
인이 헐거워지고 비둘기 무리가 연달아 땅을 박차 오른다

정류소에 개가 쓰러져 있었다 버스 서너 대가 지나가는 동안 흔
들어도 움직이지 않았다

이름 없는 해변의 모텔로 무서운 일들이 밀려든다

타일에 낙서하고 안주를 뒤적거리며 들은 이야기 중에는 틀린 게 없었다 각자 떠드는 고백이 모두 옳았다 누나는 합격 통보를 기다렸다 세상이 망할 줄 모르고

나는 비가 오지 않는 집을 갖고 싶다

월요일에 죽은 아버지가 좋아하던 비가 월요일마다 온다 어머니도 불 앞에서 차를 달이는데

마주 앉아 쌓인 여름옷을 개는 오후 같은 것이 좋았다 사이좋게 오늘의 저녁이나 정하며

숨을 오래 마시면 이곳이 녹슬었다는 사실만 알 수 있다 흰 돌과 우주에 내일이 오지 않으면 어떻게 하나

침대에 누워 뜨거운 가슴을 움켜쥔 채 보이지 않을 때까지 멀리 바라보았다

그립지 않아서 슬퍼할 수가 없다

비행

목련도 모가지를 분지르는 사춘기였다

너는 웅크리고 앉아 꽃 덤불이나 뒤적거리며 홀로 우거진 목련
나무를 견디고 있다

버려진 관에 스스로 들어가는 나를 구경했다 마른 팔과 다리는
가지런히 접어 넣기에 알맞아 보였다 새처럼 가벼운 몸짓으로 죽
어갔다 다가가 보니 입안 가득 빛을 피운 미래가 누워 있었다

언젠가 이 낙화가 멈추면 우리도 영영 추락할 거라 예감했다

갈 곳 없는 학생들은 빈 공사장으로 모였다 그늘에 널린 몸을 아
무도 해치지 못하도록 끌고 왔다 친구들은 멀리 버리거나 태우자
했다 시들어가는 식물의 뿌리를 대하듯이
　나는 서투른 우리를 모아 올린 대성당이라 칭했다 그곳에서 짧
은 기도를 청하고 오지 않는 종말과 천사를 기다렸다

이대로 마지막이 될 거라는 사실을 알면서도 잊어버리지 말라
는 인사가 혀에서 떨어지지 않아 목이 말랐다

어깨에 쌓인 첫눈을 털어내는 온도와 닮은 이름을 덥히면

꿈에서
헤집어진 늑골엔
머릿속이 뒤흔들릴 정도로 화사한 4월이 펼쳐졌다

희박한 빗소리로 울고

선잠에서 벗어나듯 아침이 오고 있었다 공터를 돌아다니며 소리쳐보았지만 누구도 대답하지 않았다 목련도 관도 공사장도 그대로 있는데 세상에서 나만 사라진 듯했다 몽롱한 채로 열꽃의 잔해를 털었다

너는 타오르는 목련나무를 맹렬히 노려보고 서 있다

너무 뜨거워 설핏 녹아버릴까봐 겁이 난다 캄캄한 동굴 같은 눈으로 나를 전부 집어삼킬 것만 같다 죄악감을 태우는 냄새가 번지기 시작한다 흰 날갯짓이 돋아나듯이

누가 계속 올라와야 할 시간이라 부르고 있어서

목련을 밟으며 앞으로 걸어 나갈 것이다

묘적계

펜스를 넘으며 돌아보았다 청춘이 레트로 게임이라면 아무래도
내 조이스틱은 너라서

이번 판은 떠돌기만 하다 질 수도 있겠다고 예감했다

폐수영장 구석에 웅크린 채 새벽을 지나면
깊은 물속으로 잠긴 표정이 들고

서로의 숨결로 안개꽃을 피우다가 훔쳐 먹기도 하며 젖은 흙마
냥 질척였다

차단기를 올리지 않아도 흐르거나 번지는 것들이 있었다 그라
피티가 어슬해지며 타일 벽 사이사이 무수히 십자가를 얽는 동안
희미한 색채를 안은 파편들처럼
바닥에서
바닥으로

위독하도록

변해도
괜찮다며 너는
말이라도 해달라 했다 그러나 무엇을
고백해야 하나

이리도 아름다우니

무던히 주말 비 소식이나 전하고 잠들 때까지 쓰다듬어줄 수밖에

하지만 창유리 너머 수국은 울음소리를 높이 걸어 펄럭이는 것
같았다 흰 얼굴을 덮은 겉옷 아래 하얗게 질려오는 악몽들처럼

늘 울다가 그친 마음으로 일어났다 발을 헛디디듯 온갖 추잡한
욕을 쏟고 나서야 혈관을 따라 산듯하게 피가 돌기 시작하고 비참
함의 냄새가 풍겼다 축축하고 어른스러웠다 잘 씻어 말린 선잠을
개키면서 하지 못한 말만 모으니 기도문을 닮아갔다

이 무뎌지고 유약한 것을 어떻게 추슬러야 하나 안절부절못하
면서

누군가 기다리고 있으면 온몸이 천천히 깎여 나가는 기분이 들었다 우리의 그림자가 어떠했는지 기억나지 않아서 이를 악물기도 했다

네 손이 닿지 않은 곳은 다 묘지였다

죽어서도 너와 계속 살았다

무허가 건축

우리는 그저 혈관 아래 불을 지피는 개들이었다

지하상가 라디에이터 앞에서 피 묻은 손바닥을 덥히며
재미있었다고
그래도 다시는 못 하겠다 같은 말이나 흘리다가
웃을 날이 번질 테였지만

아직
불발인 폭죽에 계속해서 라이터만 당기는 기분이었다

하지만 우리는 어떻게 움직여야 하는지 이해하니까
아무도 소리를 지르지 않고 욕설조차 없이 떠나버려도
녹슨 세면대처럼 여기에 있다

개의 이빨로 얼음을 깨무는 순간을 기다리면서

매일 하나씩 악몽을 적어 선물하면 언젠가 조금 더 눈빛이 사나
워져 있을까
관에 들어가 묶이는 건 포토 부스 안처럼 뻣뻣하고 어색할까

앙상한 정원이 되려나

막연하게 그려보는 너의 노년은 언제나 혼자여서 어디서부터

놓아주어야 할지 따위의 생각만 잔뜩 했다

턱을 괸

염색이 제대로 먹지 않아 슬픈 너와

손을 잡으면

아무 우편함에서 포장지를 뜯어 구기고 있다는 마음이 들었다

거기서부터 무언가 지어지기를 기다렸다

치유

일을 하다 가벼이 접질린 너를 업고 돌아왔다 큐브를 맞추다 고개를 끄덕이듯
뭔가 알 것도 같았다

골목 끝 책방에는 갑자기 이곳을 떠나게 되어 죄송하고 감사하다는 종이만 붙여져 있었다
그렇게 영영 알 수 없는 일들도 남았다

먼 산은 점점 흐릿해지고

블라인드를 내리듯
어지러이 널린 술병을 주웠다

시뻘건 라면 국물에 즉석밥을 말아 먹으며
지나간 오늘의 운세를 읽으면
해롭고 불안해졌다

서서히 뜨거워진다는 발목에 찬 수건을 얹다가
단화 한 켤레를 선물할 수 있으면 좋겠다고 생각했다

여름이라 부르기엔 제법 이르지만
가보지 않은 마음을 엎질러 어딘가 닿고 싶어져서

서로의 살갗에 귀를 대면
멈추지 않는 롤러코스터 앞으로 하염없이 줄을 선 것 같았다

오라는 것은 오지도 않고
열병이나 오려는지 침을 삼키기도 힘든 철이었다

또 흉측한 하루를 기다리며 땀을 말렸다

이상 기후

우리가 안고 있으면 낙서를 채색하는 것 같다 무릎 상처에 시퍼렇게 그늘이 자란다

캄캄한 욕실에서 더운물을 얹으면 붉은 꽃잎들이 흩어진다 등허리에 성호를 그으며 이것이 나의 해안이 될 거라 확신한다 그곳에서 너와 마주친다면 세상을 사랑해볼 수도 있겠다 싶다

무덥도록 조용한 실내에 머무르면 죽은 이후가 기억나서

수의를 벗듯이 잔기침을 식힌다

모기를 쫓거나 흐트러진 베개를 고쳐주던 휴일이 침대맡으로 쌓여 드는데

숨소리로 구분할 줄 알면서도 자는지 속삭여보는 습관이 있어 다행이라는 생각만 든다

너를 지옥에서 온 안부라고 믿었던 적이 있다

물을 마시려다 냉장고 문을 연 채
가만히 서 있다

유사 인간

불붙은 꽃처럼 핏줄에 우울한 피가 돌았다

이제 죽지 않겠다며 난간의 끝에서 끝까지 걸어가던 비행운을
되감으려 내가 처음부터 다시 살았구나

어둡고 습한 미래가 노려보거나 함부로 밀치고 비웃지 않으면
좋겠다

절대로 이곳에 혼자 두지 않을게

설마른 잠과 구겨진 이불 사이 접어놓은 슬픔을
꿈에서도 흉하게 앓는다
이렇게 작고 뭉개진 발음으로는
사랑한다는 중얼거림이나 살려달라는 혼잣말도 엇비슷하게 들
린다

빈손을 보면 설핏 비석 같아서 흙을 쏟아 내리지 않아도 숨에 향
냄새가 배어든다
바람이 창을 흔들 적마다 귀신이 몸을 펴고

먼 시간에서 거슬러 오며 이곳을 스치는 동안 풋사과는 익어가
다가 툭 망가진다
목줄로 묶어둔 영혼이 연약해져 가듯이

빛을 붙잡아 허공에 반듯하게 적고 있는데 닫힌 방으로 자꾸 지
옥의 일이 들이닥친다 사나흘이 지난 악몽만 우거진 밤이다

눈동자에 돋은 잎들이 무성하게 차오르고 온통 무더워질 때
머리맡에 자란 나뭇가지를 죄다 꺾어
꽃다발로 엮는다

오래 죽어 있어서 어쩌면 돌아오지 못할 뻔했다

심사평

풍성한 목록, 경건한 마음

박상수

예심을 준비하며 한 해 동안 선후배 동료 시인들의 작품을 한꺼번에 읽을 수 있는 축복을 누릴 수 있어 행복했다. 쓰면 쓸수록 어려워지는 이 기쁘고 슬픈 작업을 성실하게 해나가는 이들의 뒤를 따라가노라면 그 끝에서 늘 뭔가 경건한 마음이 되어버리고 만다. 몇 가지의 단순한 이유 때문에 명단에 올리지 못한 시인들이 있었지만 그건 작품이 나빠서가 아니라 그가 썼던 가장 좋은 작품들의 기억이 워낙 강렬했기 때문이라는 점을 밝히고 싶다. 예심에서 올린 총 열네 명의 시인들 중 다음 시인들의 작품에 대해 말해보고 싶다.

김언은 지금껏 김언이었고 여전히 김언이지만 다른 시인들과 섞여 있을 때 훨씬 더 김언처럼 보인다. 그렇게나 많은 말을 쏟아냈으면서도 여전히 지치지 않고 반복하며 하나만 보고, 시를 쓰고, 하나를 열 개로 만들고, 열 개를 백 개로 만들면서, 절망을 파고들고 정념을 반복하면서 한편으론 무기력하고, 그러면서 논리를 축적해나가는 괴력을 발휘하는 게 놀랍다. 백은선은 더 이상 절망할 수 없는 곳까지 자기를 휘몰아 간다. 어느 지경이 되면 언어가 자가운동을 하면서 무한히 굴러가기 시작하는데 세계는 망가져 있고 발화의 지점들은 으스러져 있으며 미칠 것 같은 고통과 눈보라와 불안과 아름다운 빛으로 뒤범벅된 터널 같은 공간이 펼쳐진다. 나는 이곳에서 나갈 수가 없게 되는 것이 좋아서 백은선이 시를 읽을 때마다 뒤죽박죽의 심정이 된다. 한편 사랑받고 인정받고 싶어서 착하게 기다리는 충직함과 조심스러움 같은 게 서윤후의 시에는 있다. 그건 서윤후 고유의 무드를 만들어내며 타인과 사물을 보는 관점을 제어하고 동시에 비리고 푸릇한 청량감을 선사하기도 했다. 요즘 그의 시는 보다 진지해졌고 깊어져서 성숙한 분위기가 느껴진다. 그게 좋고 신기해서 두고두고 읽게 된다.

안희연은 마치 미친 세상이 저지르는 모든 죄를 자신이 대속하려는 것처럼, 혹은 죄라고 부를 수 없는 것까지 등에 업고 용서를 구하려는 것처럼 탄원하는 심정으로 시를 쓴다. 세계가 멸망하더라도 가장 쓸데없는 것처럼 보이는 일을 반복함으로써 구원을 꿈꾸는 열쇠 수리공 혹은 지도 제작자의 손을 기억하며 함께 울어줄 것 같은 사람이 그가 아닐까. 나는 안희연의 믿음이 아름다워 경외감을 표하는 심정으로 그의 시를 따라 읽는다. 어떤 장면을 보더라도 영화를 보는 것처럼, 혹은 자신이 영화 속 등장인물은 아닌지 끊임없이 의심하면서 기이한 소외감과 비현실적 슬픔을 다룰 때 양안다의 시는 빛난다. 그처럼 지속적으로 미래에 대해서 말하는 시인이 또 있을까. 사랑의 위안과 부드러움은 짧은 탄식과 함께 금세 사라지고 그는 미래의 불확실함, 그리고 불모의 감각을 유려한 문장과 슬픈 이미지에 담아 풀어낸다. 유희경의 시를 읽다 보면 금이 간, 오래된 시멘트 벽을 들여다보는 심정이 된다. 벽 앞을 지나쳐 가는 많은 사람들은 대체로 벽과 금에는 관심이 없겠지만 유희경은 벽에 난 금을 정밀하게 따라가며 쓰다듬고 말도 걸고, 마침내 의자를 가져다가 자리를 잡은 채로 누군가를 기다리기도 한다. 한쪽 어깨로는 벽이 무너지지 않도록 지탱하면서 아직 오지 않은 사람과 혹시 올지도 모를 사람을 떠올리는 어떤 사람. 거대한 세상 속에 아주 작은 사람이 되어 조금 울기도 하면서 이 세계의 하찮은 실금들이 하찮아지지 않도록 기록하고 연결해내는 그의 태도는 충분히 합당한 평가를 받을 때가 되었다.

'마트료시카 시침핀 연구회'라는 말만으로도 유형진의 동화적이고 이국적이면서도 유머러스한 몽상의 세계는 빛난다. 최근의 유형진은 바로 이 연구회를 현실 세계 곳곳에 출현시키며 우리들의 일상에 신묘한 재미를 만들어내고, 가상을 실재로 작동시키는 데 힘을 쏟고 있다. 이런 연구회가 있다면 얼마나 재미있을까라는 말을 해서는 안 된다. 이미 진짜 있으니까. 흥미진진한 그의 놀이가 제대로 된 서사를 구축하며 한 권의 시집으로 묶인다면 어떤 세계가 펼쳐질지 기대된다. 최백규가 그려내는 철 지난 바닷가, 빛바랜 상점들과 싸구려 물건들, 태양, 무능하고 유약하고 열망에 휩싸여서 자맥질하는 청춘들의 레트로 감성과 나르시시즘적인 비애는 몇 번을 읽어도 인상적이다. 거기엔 우리가 통과해온 젊음과 연애와 우정이 슬픔 안에서 여전히 우울하게 소용돌이치고 있어서, 그때 꿈꾸었던 미래가 지금인데, 지금 다시 떠올려보는 미래는 또 어떤 것인지 상상조차 할 수 없어 무엇을 어떻게 견디어야 할지 모르는 심정으로 오래 막막해진다. 그래도 살아야 한다는 고요한 절규가 여기엔 있다. 요즘의 황인찬은 어차피 다 망해가는 거, 나도 시도 망해가고 있음을 오히려 메타적으로 성찰하며 망한 것 위에서 피어날 수 있는 것이 무엇인지 실험해보는 시를 쓰려는 것 같다. 이를 통해 시가 무엇인지, 어디까지가 현실인지, 사랑의 쾌락은 대체 무엇이고 전통과 현대는 무엇인지 다양하게 패러디하며 비틀고 겹치는데 일면 능청스러우면서도 여유롭게 보이기까지 한다. 자기 한계를 돌파해나가려는 그의 시도는, 시로 해볼 수 있는 모험이 어디까지인지 확장해보려는 노력이기도 하다는 점에서 신뢰감을 준다.

예심을 진행하는 내내 아껴 읽고 싶은 작품들이 참 많았다. 올해부터 기수상자를 포함시키기로 한 덕분에 더욱 풍성한 목록이 된 것도 이유 중 하나다. 〈현대문학상〉 수상작품집이 나오면 그 면면을 확인할 수 있으리라. 각자의 자리에서 고심하며 언어를 다듬었을 시인들에게 깊은 감사를 전하고 싶다. 무엇보다 수상자인 유희경 시인에게 축하의 인사를 건넨다. 기쁜 일이 더 많아졌으면 좋겠다. 순진무구하게도 그런 꿈을 꾼다. ▪

시보다 삶!

황인숙

〈현대문학상〉심사 대상은 지난 1년 동안 문예지에 발표된 작품들이다. 진작 한두 편 낱으로 읽으면서 '좋은데!' 감탄한 시들도 있었지만, 대여섯 편 모아서 보니 만만치 않은 기량인데 미처 깨닫지 못한 시들도 있었다. 이번 예심에서 올린 시인들은 저마다 돌올한 장점의 시세계를 펼치고 있어서 본심 심사가 좀 힘들었겠다.

시집 판매 부수가 사뭇 줄었다는데 빼어난 시를 쓰는 시인은 늘었다. 이 어찌 된 일인가? 생각해보니 당연한 이치다. 읽을 만한, 읽을 맛 나는 시집이 많으니 구매 독자가 분산되는 것이다. 뭐, 총체적으로 출판물, 그중에서도 문학 출판물 독자가 줄었다는 대세를 간과하고 말하자면 말이다. 하지만 유행은 돌고 도는 것, 요즘 대세가 또 뉴트로New-tro라지 않는가. 시집이 뉴트로 아이템으로 뜰 수도 있을 테다. 1인 가구가 만연하고, 그 홀로인 사람들이 각각 SNS를 중요한 정보사회 플랫폼으로 살아가는 오늘, 시집은 그들에게 딱 맞춤한 정신적·심정적 교감 플랫폼이 될 터인데……. 그런 날이 왔으면 좋겠고, 오거나 말거나 이토록 많은 시인이 시를 잘 쓰는 즐거움을 발산하고 있으니 고무적이다. 시는 인간이라는 유기체가, 미래에는 과학의 힘으로 전신을 갈아치워 무기체가 되더라도, 인간이게 하는 제5원소이기에 어떤 형태로건 어떤 방식으로건 건재할 테다.

강성은의 시들은 아름다움에 이끌리고 아름다움에 다친 화자들의 비몽사몽 가위눌림을 "밤과 낮의 고요한 물소리"로 토로한다. 여린 듯 결 고운 그의 비애에 젖은 발화는 독자 마음을 아리게 하면서, 세상의 수많은 폭력에 대해 "미친개는 너무 앙상해서 우리는 그만 웃음을 터뜨리고 말았다" 같은 구절로 팽팽한 긴장을 구축한다.

유희경 시는 은은하니 감각적이고 위트 있다. 가령 「감각」을 보자.

"창문을 열어두고 온 까닭은/조용한 일이 많기 때문이다//(……)// 오후에는 / 비가 내리려는 날씨가 되었다/나는 걱정이 없었다/창문 생각이 없었던 것은 아니나//오늘은 대가 긴 꽃을/다섯 송이나 선물 받았고/그것은 아름다웠으므로//(……)//창문은 닫히지 않았을 것이나/열린 창문은 / 누구도 위협하지 않는다"

조용한 일이 많단다. 많고도 많은 조용한 일에 둘러싸인 전업주부처럼 좁은 공기가 답답한 화자의 생활이 나른하고 담담하게 펼쳐지는 가운데 툭 던지는 "열린 창문은/누구도 위협하지 않는다" 같은 구절의 위트는 돌연 창문을 활짝 열어젖힌 듯 상쾌하다.

수상자 유희경을 비롯해서 김기택 이장욱 박소란 등 시인 제위의 작품들은 바스키아가 했다는 말을 상기시킨다. "작업 중에 예술에 대해 생각하지 않는다. 삶에 대해 생각할 뿐이다." 그래야 마땅하지만, 시보다 삶으로 시를 쓰는 시인들! 몽환적인 강성은의 시도 마찬가지다. 정신이랄지 영혼의 세계에 다가가기를 열망하며 삶을 들쑤시고 파헤치고 기록하는 게 시인의 업이라고 하면 너무 말이 무거울라나.

유희경 씨, 축하합니다! 건강! 건필! ■

살아 있는 것들에 대한 기대와 사랑

문정희

언어의 남용과 타락을 걱정하는 시대, 정직한 언어로 새롭고 개성적
이면서도 자기만의 고유한 시공간을 펼쳐 보이는 시인은 누구일까.

올해의 〈현대문학상〉을 심사하면서 여전히 진지한 탐색과 시어와
밀도를 지닌 후보작들을 만날 수 있어 흐뭇한 온기에 휩싸였다.

수상자를 유희경 시인으로 결정하는 데에는 심사위원들 간의 이의
가 없었다.

그는 상실과 소외의 한가운데에서도 고요를 확보하고 살아 있는 것
들에 대한 기대와 사랑을 멈추지 않았다. 그가 기다리는 언어는 과장이
나 자기연민이 없었고 타고난 숨결처럼 자연스럽고 잔잔했다. 그 호흡
속으로 시들이 저물녘처럼 스며들었으며 그 리듬은 아프고 아름다웠다.

행과 연을 구분하지 않고 떠난 산책 사이로 흐르는 긴장과 이완 혹
은 다음 장면을 기다리게 만드는 구성의 솜씨는 유희경만의 특별함이
라고 하겠다.

교양 있는 사람은 노크하며 묻는다 똑똑 계십니까 교양 있는 사람이여 기다렸습니다 하지만 여기에는 문이 없군요, 당신을 위해 던져 버렸으니까요

그의 시는 마치 연극의 장면처럼 펼쳐졌고 또박또박 읊조릴 다음 대사가 기다려지는가 싶다가도 이내 낮은 시공간을 다시 보여주었다.

단조롭고 군더더기 없는 감각이 뜻밖에 시의 새로움과 매력을 일깨웠다.

'예술은 인간에게는 종교적 감정이 있다는 것을 알게 하는 가장 멋진 통로'라고 한 페데리코 펠리니의 말을 그에게 축하의 말로 드리고 싶다.

수상후보작 한 편 한 편이 개성적인 탐색과 뒤집기, 허위를 뚫고 어둠을 깨고자 하는 치열성이 있었다.

혼돈의 시대 탓인지 '밤' '비명' '미친개' 같은 고통의 언어와 불확실, 자기소외의 시어들이 많았다. 리듬의 상실은 동시에 산문성으로 연결되었다.

자주 외래어를 출몰시켜 시의 이미지나 흐름을 저해하는 이물감을 자아내었고 이는 낯선 시세계에 대한 도전이나 실험으로 파악되었다. 좀 더 세련되고 확장된 현대적인 표현 의지라면 모르지만 그냥 시를 저절로 태어나게 만들 수는 없을까 하는 생각이 들었다.

전통과 권위를 자랑하는 〈현대문학상〉이 올해로 제65회 수상자 유희경을 맞았다.

20대의 시인으로 제21회 수상자가 되었던 내가 제65회 수상자를 뽑

는 심사위원이 되어 도도한 시간을 실감한다. 그동안 흔들림 없이 상의 권위를 지켜온 『현대문학』에 경의를 표한다. 금년도 수상자 유희경 시인께 진심으로 축하를 드린다. ▪

투명하고 간결한 정점으로서의 시

박상순

유희경의 시는 감정적 정황에 휘둘리지 않는다. 사실 감각을 향해 나아간다. 시 속에서 그의 걸음은 느리거나 잠시 멈춘 듯하지만, 그 걸음은 감성의 초월적 실행으로써 시적 주체를 생산하고 미적 거리를 확보한다. 수사적으로 가공된 감정적 언어의 방출을 억제해 대상과 현실 주체 사이에서 심리적 거리를 만들어낸다. 이런 거리는 곧 미적 거리이다. 이런 심미적·심리적 거리가 만드는 침입과 이탈의 이행 행위와 그 행로에서 현실만의 주체 또는 가상만의 주체가 아닌, 오늘의 시적 주체가 비로소 생산된다.

그렇게 드러난 시적 주체는 단순 횡단이 아닌 감각과 논리를 향해 이동할 수 있다. 그래서 주체는 상황이나 객체 사이에서의 감성의 초월적 실행이 가능하다. 심리적 거리와 시적 주체는 상호 생산성을 통해 언어와 현실에 시적 정서를 불어넣는다. 그러나 그것은 불어넣음이 아니라 불린(호명된) 감각 정서로서 진술이나 서술을 시의 형식으로 재구성한다.

그래서 유희경의 시에는 감정이나 수사, 요설이나 자족적 논리, 감상의 방출을 포장한 구식의 서정 따윈 없다. 그래서 그의 시는 단순하고 밋밋하여 절정도 영혼도 없다. 그렇지만 헛된 영혼이 없기 때문에 유희경의 시는 시적 주체와 심미적 거리를 진실로 확보한다. 그래서 함부로 떠들거나 중얼거리지 않는다. 심미적 거리를 통해 그의 시는 대상을 제대로 놓을 수 있다. 그것은 구체적 대상인 동시에 시적으로 변환된 대상으로, 비미적 개인의 의식적 침략이나 침탈에 속하지 않는 미적 실체가 되어 결국 총체적인 현실의 무대를 끌어안는다.

유희경은 시 제목들은 한편으로는 너무 단순해서 은폐나 역전 또는 청신淸新함을 자아내지 못하는 듯 보인다. 그러나 제목을 넘어서 시를 읽다 보면 고요한 역전의 시공간에 시선이 닿는다. 「산책」은 시인의 그런 시공간과 여정, 시선과 대면(meet, face)이 잘 드러난 작품으로서 돋보인다. 「교양 있는 사람」은 이런 대면이 미세한 진동을 이으면서 생각이나 상념, 울음소리를 건너 깊은 잠, 두 손, 사실적이면서도 잠재적인 실체로 나아간다. 그렇게 담백한 진술과 고요한 정경을 거느리면서 생각과 행위를 구체화했다. 과장이나 허구에 치우치지 않는 감각과 사유의 전개이다. 어떤 과격한 변형이나 절정 없이도 마침내 드러난 투명하고 간결한 정점이 있다. 그것은 현실세계를 포착해 더 감각적으로 제시한 시적인 변환이고 역전이다. 그리고 그것과 대면한다. 담백하고 투명한 그의 시가 지닌 청신한 매력이다. 그의 간결함과 청신함이 흔들리지 않고 생생한 사실들을 품으며 더 깊은 곳까지 나아가기를 기대한다. 그런 기대와 믿음으로 한국 문학의 역사를 대변하는 〈현대문학상〉의 수상작으로 올린다.

후보작으로 뽑은 여러 작품들 또한 수상작 못지않은 시적 성취를 보여주었다. 그러나 여러 편의 시들에서 비록 부정의 방식으로 대응했지만 아직 '영혼'이라는 낱말이 떠돌고 있었다. 과거에 선교사 마테오 리치가 『천주실의』를 동양에 소개하면서 발명해낸 낱말이다. 이후 영혼이라는 말은 토착화되면서 우리의 아름다운 시인 김소월 시론의 핵심이 되기도 했지만, 이제 우리가 거리를 다시 확보하고 대면해야 할 것은 헛된 영혼이나 거짓 영혼마저도 아니다. 시적 주체는 혼백도 유령도 아니다. 그리고 시적 감각은 마음이나 영혼의 부스러기에서 나오지 않는다. 감정적 수사나 논리 사이의 빈틈에서도 발생하지 않는다.

　그동안 좋은 작품들을 발표한 강성은, 백은선에게 다가오는 겨울이 따뜻했으면 좋겠다는 소박한 내 마음을 대신 전한다. 안희연의 시 안에 놓인 길은 찬 바람을 쐬면서 더 먼 곳까지 곧게 이어질 것이고, 최백규의 시는 겨울의 마른 잎을 다 떨구고 나면 분명 더 성숙할 것이다. 이장욱의 시는 언제나 늠름할 것이고, 박소란, 서윤후, 양안다의 시 또한 그들만의 새로운 길을 열심히 열어나가고 있다. ■

우리는 왜 집으로 돌아가는 걸까요

유희경

매일 아침 버스를 탑니다. 버스는 두 개의 터널과 고가도로 하나, 세 곳의 궁宮 앞을 지납니다. 그것들은 변하지 않습니다. 버스에서 내리면 걸어서 서점까지 갑니다. 서점을 운영한 지는 3년이 되었습니다. 서점 앞에는 플라타너스 네 그루가 자라고 있습니다. 그것들은 종종 변하곤 합니다.

서점 계산대에 앉아 있기란 피곤한 일입니다. 기다려야 하기 때문입니다. 기다리고 기다리다가 이따금 무얼 기다리고 있는지 잊어버리기도 합니다. 그러다 누가 찾아오기라도 하면 깜짝 놀랄 때도 있습니다. 찾아오는 사람이 없다고 해서 서운하지는 않습니다. 찾아오거나 찾아오지 않거나 기다리고 있기 때문입니다.

점심시간이 되면 혼자 밥을 먹습니다. 혼자는 영 익숙해지지 않는 조건입니다. 그것은 좋아할 일도 싫어할 일도 아니겠습니다. 때로 점심을 거르기도 합니다. 그럴 때는 혼자를 잊고 맙니다. 그것도 좋아할 일이나 싫어할 일이 아니겠지만, 배가 고파오는 저녁이 되면 잊고 있었던 그 혼자라는 것을 꺼내어두고 쓸쓸해지기도 합니다.

저녁 창문에는 내가 있습니다. 그곳의 나는 어둡고 아무 말도 하지 않습니다. 때로 물어볼 수도 있겠습니다. 그곳에 대해서. 그곳의 이곳에 대해서. 묻지 않습니다. 궁금하지 않기 때문입니다. 그곳도 이곳도 그곳의 이곳도 거기에 있는 나에 대해서도. 그저 있을 뿐이므로. 있는 것은 있는 것이니까. 그렇습니다로 요약되는 세계.

매일 밤 버스를 탑니다. 버스는 세 곳의 궁 앞과 고가도로 하나, 두 개의 터널을 지납니다. 그것들은 여전히 변하지 않습니다. 버스에서 내리면 걸어서 집까지 갑니다. 나는 가끔 알고 싶습니다. 집은 무엇일까요. 우리는 왜 집으로 돌아가는 것일까요.

시를 쓰는 일은 두 개의 터널과 고가도로 하나 세 곳의 궁을 지나 어디론가 가는 일이며 기다리고 기다리다 무얼 기다리는지 잊어버리는 일이며 혼자가 되는 일이나 건너편의 나를 우두커니 들여다보게 되는 그런 일이라고 믿습니다. 열두 해 동안 오가며 그렇게 시를 써왔습니다. 도중에 그만둘 수도 있었을 거라고 생각합니다. 그러고 싶었던 적은 없습니다. 시를 쓰는 일을 좋아하기 때문입니다. 좋아하는 것과 잘하는 것은 별개입니다. 저의 자리는 박수를 치는 쪽에 있다고 생각했습니다. 그 자리에 불만이 없었던 것은, 그래도 시가 좋았기 때문입니다.

타고 가는 버스 옆자리, 당신이 앉아준 기분입니다. 기다리고 기다리는 중에 기다리던 당신이 뚜벅뚜벅 다가와준 기분이며, 밥 먹는 자리 맞은편 당신과 메뉴판을 나누어 보고 있는 그런 기분이기도 합니다. 어둑어둑해진 창문 너머의 내가 나와 손을 맞대고 있습니다. 차가웠던 온

도가 당신의 것처럼 따듯해져옵니다. 먼저 닿아 불을 밝혀놓듯 오래 기다려준 당신,

내 시의 독자들, 시를 좋아하는 만큼, 당신들을 좋아합니다. 나의 가족들, 언제나 나를 맞이해주는. 사랑합니다. 나의 시인들, 당신들이 있어 시가 있습니다. 동인 작란과 창작집단 독, 앞으로도 우리는 있을 것입니다.

『현대문학』과 문정희와 박상순 두 분 선생님들께 각별한 감사의 인사를 전합니다. 잊지 못하겠습니다. 감사합니다.

하나 꼭 받는다면, 〈현대문학상〉이었습니다. 지금까지 이 문학상을 받아온 시인들의 이름을 떠올려본다면 누구나 그렇겠지요. 이제 다시 저의 자리로 돌아가면서 얻은 것들을 생각합니다. 감사합니다. ▪

2020 現代文學賞 수상시집

교양 있는 사람

지은이 | 유희경 외
펴낸이 | 김영정

초판 1쇄 펴낸날 | 2019년 12월 10일
초판 3쇄 펴낸날 | 2025년 2월 5일

펴낸곳 | ㈜현대문학
등록번호 | 제1-452호
주소 | 06532 서울시 서초구 신반포로 321 (잠원동, 미래엔)
전화 02-2017-0280
팩스 02-516-5433
홈페이지 | www.hdmh.co.kr

ⓒ 2019, 현대문학

ISBN 978-89-7275-142-7   03810